读乐书香
爱上阅读 享受阅读
每天读一点 | 世界动物文学名著

胡同里的流浪猫

Hu Tong Li De Liu Lang Mao

【加】欧内斯特·汤普森·西顿/著

济南出版社

图书在版编目（CIP）数据

胡同里的流浪猫／（加）欧内斯特·汤普森·西顿著；
铃兰改编.—济南：济南出版社，2016.12（2024.9重印）
　（每天读一点.世界动物文学名著.III）
　ISBN 978 - 7 - 5488 - 2458 - 9

　I.①胡…　II.①欧…②铃…　III.①中篇小说—
小说集—加拿大—现代　IV.①I711.45

中国版本图书馆 CIP 数据核字（2017）第 003899 号

责任编辑　张伟卿
封面设计　周　倩

出版发行　济南出版社
地　　址　济南市二环南路 1 号（250002）
经　　销　新华书店
发行热线　0531 - 86131729　86922073
编辑热线　0531 - 86131741
印　　刷　肥城汇文印务有限公司
版　　次　2017 年 3 月第 1 版
印　　次　2024 年 9 月第 1 次印刷
规　　格　880mm×1230mm　1/32
印　　张　6
字　　数　90 千
印　　数　1 - 5000
定　　价　36.00 元

（济南版图书,如有印装错误,请与出版社联系调换　电话:0531 - 86131736）

独自坚强

动物世界有着许多鲜为人知的精彩故事。很多时候，这些动物比人类想象的要聪明的多，也坚强的多。年幼的人如果没有大人照料很可能不能生存，而从小失去父母的动物也许可以坚强地活下来。

本书是由两个故事组成。

《胡同里的流浪猫》讲述的是一只名叫吉蒂的孤儿小猫的故事。它的妈妈由于被狗追赶，慌不择路，跳上一只小船。没想到这条船很快启动了，母猫没来得及跳下船，船就离岸驶向水深处。从此，小猫再也没有见过妈妈，也没有妈妈的消息。为了生活，吉蒂不得不走出家门外出觅食，期间经历了很多艰辛。长大后的吉蒂找到自己的伴侣，很快结婚生子。没想到意外再次出现，它失去了自己的孩子，自己也被人捉去，接受严格的训练，并且被迫做了许多它不愿意做的事情，最终意外地成为一只名猫，过上了贵族生活。然而，吉蒂并没有沉迷于此，它时刻想要逃离那个贵族家庭。一次，它趁主人不注意就逃跑出来，没想到被宠物店的黑男人发现了。那个黑男人用计再次把它捉住，并把它归还给买它的贵族家庭，他因此得到一大笔感谢金。此后，它在贵族家庭举家到乡下别墅度假时，再次寻找机会逃了出来，它一路颠沛流离，几经周折，最终历尽艰辛，回到自己的幸福家园，过上了它想要的生活。

我们会为吉蒂这只小猫的执着与坚强感动。它不为名利所动，不为优越的生活环境所吸引，时刻不忘自己的幸福家园。它不惜冒着生命危险，不远千里寻找自己的家乡，并最终凭着坚强的毅力完成了自己的心愿。

《灰熊卡普》讲述了一只名叫卡普的灰熊的故事。卡普是一只孤僻的熊，从小沉默寡言，自从妈妈和兄弟们被猎人射杀后，它就独自生活在大自然里。在它成长的过程中，挨饿、受其他动物欺负是常有的事情，最可怕的是，人类总是想方设法捕猎它，或者想杀死它，使它的成长过程充满危险与挑战。但是，卡普无所畏惧，随着身体越长越大，力气越来越大，它的脾气也变得越来越坏。

在卡普的生活里，唯一的乐趣便是通过发泄自己无人可敌的力量以表现出自己的骄傲与存在——无论是把敌人压死、弄残，还是在瞬间把巨石击碎变成粉末。随着时间的流逝，卡普越来越意识到自己的缺点，它虽然越来越高大威猛，却开始友好地对待周围的一切，特别是找到新领地后，它既满足又开心，安静地过着自己的生活。然而，生老病死是大自然不可抗拒的规律，晚年的卡普免不了要接受成长起来的新一代的挑战，最终，卡普被白熊赶走，它失去了原来的风光与地盘，不得不悄悄地向深山走去，最后安然死去。

故事的结局虽然有点悲惨，但从整个自然界的生存法则来看，弱肉强食、优胜劣汰的法则时刻体现在动物之间的较量上，这也使得动物界中最为强壮的动物保存下来，保证了种族的优秀品质。

独自坚强是种优秀品质，我们人类也是一样，很多时候要靠自己打拼才能获得自己想要的东西。也只有独自努力得到的东西，才是最有价值的。

目 录

胡同里的流浪猫

灰熊卡普

胡同里的流浪猫

胡同里的流浪猫

第一章　孤儿寡母

在一条狭长的胡同里，时常有一些流浪猫会和家猫一起围着一个卖肉的男人抢食。有一天，一只母猫在抢到一块肉后，回到家却发现自己的孩子被一只黑猫疯狂袭击，几只小猫惨死在黑猫的魔爪之下。

"快来买啊！新鲜的肉来了！"狭长的胡同里来了一位卖肉的男人，他的嗓音清亮而高亢，以至于附近的人家不用出门都可以听得清清楚楚。意想不到的是，还没等买肉的人家出来，不知从哪里来了好多猫，那些猫从四面八方窜了过来，围着卖肉男人的小推车不肯散去。

卖肉的男人也许已经司空见惯了，没有怎么理会那些猫，继续走走停停，扯着嗓门大喊道："卖肉了！多么新鲜的肉呀！大家快来买吧！"

卖肉的男人向前走了大约五十米后，再次停了下来。他从车上的箱子里取出一些肉串，接着又拿出一根木棍，手脚麻利地将串上的肉退了下来。他弄出来的这些肉其实只是一些猪或者牛的内脏，这些东西足够围着他的那些猫饱餐一顿的了。

卖肉的男人把那些肉串扔到地上，那些猫一窝蜂地哄抢着食物，转眼间，已将地上的那些肉串瓜分完毕。然后，那些猫并没有立刻散去，而是瞪着乌黑闪亮的眼睛，警惕地四下审视着，似乎随时准备独自品尝卖肉人扔到地上的鲜肉。

卖肉的男人看了看那些猫，继续推着小车往前走。他以为喂过了这些小馋猫，他就可以安心地卖肉了，没想到，那些猫刚刚吃完地上的肉串，就又跟了上来，围着他的小车不肯离去。

卖肉的男人对这些小猫真是太熟悉了，每次来卖肉总会遇到它们。他甚至能叫上这些小猫的名字，譬如那只一直蹦蹦跶跶想跳上小车的小黄猫名叫比利，旁边那只虎头虎脑的花斑猫名叫小虎，是卡斯蒂贝妮家的；还有琼斯家的小黑、丽达太太家的小白也时常来凑热闹……

卖肉的男人脑子特别好使，他会清楚地记得每周哪些猫的主人按时交了肉钱，哪些猫的主人没有按时交肉钱。

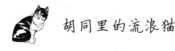

虽然钱不多，只有十美分，但他记得跟猫主人一样清晰。他从不记账，因为他的脑子就是个很好的账本，他会按照主人们交钱的多少，把肉串分给那些猫吃。他就像喂自己家养的牲畜一样，根本不用记录，就能分得清清楚楚，一点儿不用费神。

这一次，有只猫只吃到一小块肉，这只猫是福西家的小猫，猫主人没有按时交钱给卖肉者。紧挨着它的是酒厂老板家的猫，它的脖子上挂着一圈彩带，这只小猫的主人给了卖肉者一大笔钱，对卖肉者非常关照，卖肉的男人心存感激，特意将一大块肉丢到那只小猫跟前。此外，警察家的猫也得到一大块肉，虽然警察并没有像酒厂老板一样交上一大笔肉钱，但平时警察对这个卖肉者也是给予颇多关照，卖肉的男人对他家的猫自然照料有加。

卖肉的男人脑子里的账本清清楚楚，因此，并不是所有围着小推车的猫都有肉吃。有一只有着白花纹的黑猫从远处大摇大摆地走了过来，它抬起头，期待卖肉的男人扔一块肉到自己跟前，然而，卖肉的男人并没有给它肉，还狠狠地瞪了它一眼，用厌恶的表情驱赶它离开。

这只白花纹黑猫不明白为什么，它以为卖肉者不认识自己了，看到那个男人推着小推车继续往前走，它也紧跟着往前跑去，紧贴着男人的小推车，用试探的眼神看着那个男人。然而，那个男人不但没有像往常一样扔肉给它，还更加恶狠狠地骂它，继续驱赶它离开，那个男人的表情是那样阴冷，这让它百思不得其解。

然而，人类的世界哪是一只猫就能轻易了解的呢？它的思维远没有那么复杂，它不明白卖肉的男人今天为什么对它这样冷淡。事实上，是这只白花纹黑猫的主人已经多日没有给卖肉的男人交钱了，所以卖肉的男人心存不满。卖肉的男人对所有顾客的账目都记得清清楚楚的，自然不会再给不交钱的人家的猫喂肉了。

猫们自然不知这样的道理，它们百思不得其解，仍然围着卖肉的人的小推车不肯离去。当然，并不是所有没有交钱人家的猫都得不到肉吃，事实上，很多时候卖肉的男人会扔些碎肉给那些没有家的野猫吃。那些猫长年累月生存在荒郊野外，它们没人领养，也没人疼爱。这些猫远远听到卖肉人的叫卖声，就会以最快的速度奔跑过来，眼巴巴地望着车上的肉。它们只是想凭运气，看看能不能捡到一些掉在地上的碎肉吃而已。运气好的话，它们会捡到掉在地上的肉吃，只要吃过一次肉就会知道肉的鲜美，那种诱惑让它们念念不忘。

在这众多的野猫中，有一只不起眼的灰母猫引起了卖肉者的注意。它长得又瘦又高，浑身脏兮兮的，这只野猫与其他野猫一样，整天生活在没人注意的某个角落里，靠从垃圾中找食吃。此时，这只野猫也在小推车旁边被其他猫挤来挤去，看着其他猫津津有味地吃着肉串，它露出羡慕而忌妒的目光。

就在这时，一只野猫看到另一只比它弱小的猫嘴里叼着肉，立刻跳到它身边。那只小猫受到惊吓，不由得张开嘴巴惊呼一声，嘴里的肉一下子掉在了地上。那只猫立刻跳过来想抢那块肉，回过神来的那只小猫毫不示弱，于是，两只猫为了一块肉开始了一场搏斗。而此时，那只灰母猫看到两只猫开始恶斗，而那只小猫嘴里的肉被甩到了一边，它迅速地向那块肉飞奔过去，一口叼起那块肉，急忙向远处跑去。

那只含着肉的灰母猫一溜烟跑到墙角，它顺着墙边一个小洞钻了过去，到了墙的另一面。一直跑到听不到那两只猫怒吼的声音时，它才停下脚步。灰母猫警惕地四下张望了一番，没有发现别的猫跟过来，这才放心地张开嘴，狼吞虎咽地把那块肉吃到肚子里。然后，它意犹未尽地抹抹嘴，心满意足地向旁边垃圾场的一个点心盒子走去。原来，那是这只灰母猫的家，那里住着它最亲爱的孩子们。一想到自己那些可爱的小猫，灰母猫的脸上浮现出幸福的微笑。

然而，还没等灰母猫从刚才的兴奋中回过神来，它就听到孩子们恐惧的哭喊声。它飞一般地冲进那个点心盒里，发现一只陌生的大公猫正在残忍地咬它的孩子们，那只大公猫显然是饿坏了，两眼通红，恨不得将其中一只小猫直接吞掉似的。灰母猫愤怒地冲向大公猫，它咆哮着，张开大嘴就去咬大公猫。大公猫看到突如其来的灰母猫，愣了片刻，瞬间意识到这只灰母猫正是这些小猫的母亲，大公猫被它的表情吓坏了，冲出点心盒子慌慌张张地逃走了。

灰母猫看大公猫跑远了，顾不上去追赶，急忙回头查看自己孩子的伤情，令它伤心的是，五只小猫只剩下一只最小的躲在角落瑟瑟发抖，其余都已经死了。灰母猫伤心欲绝，望着它最小的宝宝，只见可怜的小猫吓得缩成一团，灰母猫连忙过去抱紧了它。

灰母猫悲痛万分，直到两三天后它的情绪才稍稍平静一些。灰母猫把自己的丧子之痛全部化为对小猫浓浓的爱，因为这只小猫是唯一幸存下来的孩子了。这只小猫跟妈妈长得很像，灰色的毛发中夹杂着一些黑色的花纹，鼻子、耳朵还有尾巴尖上都长着一撮雪白的毛，显得特别漂亮。

灰母猫现在特别担心这只小猫再出意外，它时时呵护着小猫，不再远离自己的小家了。灰母猫现在只敢在离家很近的垃圾场上寻找食物，那里自然没有肉之类的美食，充其量也就只能找到一些土豆皮、鸡骨头之类的脏东西。

有一天晚上，灰母猫正与小猫蜷缩在家里，突然从平时卖肉者走过的那条街上隐隐约约飘来一阵香味，那香味让灰母猫一下兴奋起来，它经不住诱惑，便朝着香味散发的地方走去。

此时已是午夜时分，黑暗无边无际，在灰母猫的眼里，周围的一切漆黑一团，几乎什么都看不清楚。正在这时，不知从哪里突然跑过来一条大狗，那条大狗朝着灰母猫咆哮起来，灰母猫吓了一跳，定睛一看，原来自己误闯入狗的地盘了。

那条大狗冲上来要袭击它，灰母猫吓得赶紧闪到一边，转身拔腿就跑。它慌不择路，一溜烟狂奔到远处的海边。海岸边有一只小船，灰母猫想都没想，便跑上小船找到一个角落躲了起来。

这时，灰母猫定了定神，发现大狗并没有追到船上，它松了一口气。随即，它再次闻到了那股吸引自己跑出家门的诱人的香味，那香味阵阵飘来，极具吸引力。凭着自己敏锐的嗅觉，它断定那股香味就在这只船的尾部。于是，灰母猫向船的尾部走了过去，本想找到些食物，然后等天亮再回自己的小窝。

没想到，还没等到灰母猫找到有香味的食物，突然间传来响亮的汽笛声，灰母猫感到船身晃动了几下，瞬间驶离了岸边。可怜的灰母猫失去了跳上岸的机会，随着小船朝着茫茫的大海驶去。没有人知道，这只灰母猫最终去了哪里，可怜的小猫更不知道，此刻它的妈妈已经被一只船带到了远方，它再也没有机会见到妈妈了。

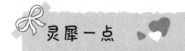
灵犀一点

生存是动物的第一需求，动物为了争夺食物，往往会付出沉重的代价，甚至生命。

第二章　初次出门

在家里等妈妈的小猫怎么也没有想到，它的妈妈因为被狗追赶，误上了一只即将启航的小船，永远离开了它。

在家里焦急地等待着妈妈的小猫哪里知道，它亲爱的妈妈已经被一只小船带到了远方。小猫在家里左等右等，等不到妈妈回家，心里隐隐有些担心，也有些害怕。妈妈到底去了哪儿呢？小猫又饿又怕，蜷缩在点心盒子里，等啊，等啊！整整一天过去了，始终不见妈妈的踪影。

夕阳西下，小猫饿极了，饥饿促使它摇摇晃晃地走出了家门。它想找到一点儿东西，用来填饱肚子。可是，哪儿有可口的食物呢？小猫完全不知道，它只能凭着自己的感觉，小心翼翼地在附近的垃圾堆中东嗅嗅西嗅嗅，然而，垃圾堆旁除了一些散发着恶臭气味的腐烂变质的东西，再也找不到可以下咽的东西了。

小猫继续往前走着，外面的世界对它来说是新鲜的，它充满好奇。它边走边用鼻子闻来闻去，不知不觉离开家很远了。

不知过了多长时间，小猫来到一个木楼梯下，它费了好大的力气才爬上一个台阶，然后顺着楼梯继续往上爬，直到爬到楼梯顶部。它发现台阶尽头有一道门，那道门半开着，仿佛在向它招手。

好奇心促使小猫继续往前走，它来到那道门前，从门缝里钻了进去。原来，这是一家宠物店的地下室。屋内，所有的门窗都是虚掩着的，一阵阵特殊的气味就是从那些门窗里面散发出来的。

在屋子一角放着一个非常不起眼的箱子，箱子上坐着一个男人，准确地说是个黑男人。那个黑男人显然已经看到小猫了，他好奇地盯着这只小猫看，小猫也看到了那个浑身黑乎乎的人，顿时感觉有些害怕起来。但是，饥饿让它失去了应有的理智，它吸了一口气，壮壮胆，开始在屋内寻找那些发出气味的食物了。

小猫发现，这个屋子竟然养着好多只兔子，那些小兔子对小猫不理不睬，甚至连正眼都不瞧它一下。另一边一只大铁笼子里关着一只狐狸，小猫往前凑了凑，那只狐狸

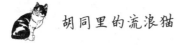

没有任何反应。小猫看它无动于衷，胆子也大了起来，它
继续试探着往前靠了靠，想看看狐狸的笼子里有没有好
吃的。

当小猫把脑袋伸进狐狸的铁笼子里时，突然，狡猾的
狐狸一跃而起，拼命压住了小猫的脑袋，想要把小猫闷
死。小猫大叫一声，没等喊完，就再也发不出声音来了。
此时，笼子里的狐狸张开嘴，咬住了小猫的脖子，小猫顿
时感觉一阵窒息，它挣扎着，用脚乱踢着地面，感觉自己
快要死了。小猫用绝望的眼神盯着狐狸，狐狸丝毫没有停
下来的意思，小猫生死攸关的时刻到了。

正在这时，箱子上的黑男人突然站了起来，他快步跑
到狐狸笼子边，伸手就朝狐狸的脑袋敲了一下，狐狸痛得

松开了口，它跳到笼子的角落一边，以躲避黑男人的再次袭击。小猫从狐狸的嘴里掉进笼子里，黑男人连忙把它抱出来，搂在怀里。他以为小猫已经被狐狸咬死了，仔细查看了一下，发现小猫还有呼吸，只是吓昏了过去，伤得并不严重。

过了一会儿，小猫终于醒了过来，它睁开眼睛，脑袋仍然晕晕乎乎的，它转了好几圈才勉强站稳。想起刚刚发生的一切，仍然心有余悸。

不一会儿，宠物店的老板回来了，他看到浑身脏兮兮的小猫皱了皱眉头，对黑男人说："以后不要让这种脏东西到店里来，这会影响到我们生意的。"

黑男人拿了一些食物喂了喂小猫，等它吃饱喝足之后，才把它送出宠物店。

因为吃了黑男人提供的食物，小猫的肚子撑得圆圆的。小猫一下子精神了许多，它在宠物店的四周逛来逛去，并不时地东张西望，周围的一切对它来说都是新鲜的，它感觉有些兴奋。

突然，小猫看到远处有一个高高的窗户，一个鸟笼子悬挂在窗户旁边，笼子里有一只可爱的金丝雀。那只金丝雀似乎并不感觉寂寞，它在笼子里欢快地跳来跳去。小猫看到它如此高兴，非常羡慕。它忘情地盯着金丝雀看了好久，为了看得更清楚一些，甚至往一个更高的地方走了走。

　　小猫顺着墙壁往上爬，竟然很轻易就爬上了墙头，便趴在上面向对面看去。就在它看得入神的时候，一只大狗突然站在它面前。毫无疑问，在小猫看来，那只大狗无疑是可怕的庞然大物，是绝对不能惹的。小猫吓得往后退了几步，它缩了缩头，小心地从墙头上走了下来。过了好久，看那只大狗没有翻过墙来，小猫的心情才放松下来。此时，太阳暖暖地照在它身上，小猫感觉有些困倦了，干脆找了个有软草的地方，趴在那里睡起了大觉。

　　一个多小时过去了，小猫被一阵轻微的呼吸声吵醒了。它慢慢地睁开双眼，看到一只更大的黑猫站在自己面前，这只黑猫的脖子又粗又短，下巴也是宽宽的，眼睛里放射出绿色的光芒，正用关切的目光看着自己。小猫有些迷惑地望着这只黑猫，它突然发现黑猫的一只耳朵上竟然有个豁口，脸上也是伤痕累累的，而且看起来伤口像是不久前的，因为还没有痊愈。这样一只猫怎么看都感觉不是一只善良的猫。此时，黑猫的两只耳朵向后直直地竖立着，尖尖的尾巴亦是高高地翘着并摇晃着。它看到小猫睁开了双眼，就朝小猫吼叫起来。

小猫第一次看到这样一只陌生的黑猫冲自己吼叫，不知道这只猫要做什么，丝毫没有感觉到害怕。因为它在黑猫的脸上没有看到大狗身上那样的杀气，没有看到让它不寒而栗的东西。但小猫并不知道，这只黑猫就是咬死它兄弟姐妹的那个大坏蛋。

毫不知情的小猫径直朝那只黑猫走去，没有感觉到丝毫的恐惧和慌乱。而黑猫则被这只小猫的勇气吓了一跳，它不知道这个小东西要做什么，小猫的举动完全出乎它的意料。一时，黑猫竟然有些犹豫了，它对小猫并没有做出任何举动，只是在旁边的一个石柱子上蹭了蹭自己的皮毛，然后转过身去，慢慢地向远处走去。

天渐渐黑了，游荡了一个下午的小猫感到饥肠辘辘，它漫无目的地朝前走去，想找一些食物填饱肚子。

走着走着，小猫发现一条弯弯曲曲的管道，它用鼻子闻了闻，顺势把身子探了进去。

小猫顺着管道爬了过去。管道的尽头是一个大院子，院子的角落里放着一个大垃圾桶，桶里散发着腐臭的味道。小猫饿极了，它顾不得太多，跳进垃圾桶开始翻找食物。它边找边往嘴里填着，其中不乏还算可口的食物。它很快填饱肚子，重新回到那条弯弯曲曲的管道旁边，在管道下方的一个大铁桶里找到一些水。小猫喝了一些水，这时肚子明显鼓起来了。

夜越来越深了，小猫没有再到其他地方去，这个夜晚，它只在这家院落里到处走来走去，不到天亮的时候，它已经把这家院落的边边角角全都看清楚了。

天终于亮了，新的一天开始了。小猫跟昨天一样，在太阳下舒舒服服地睡了一觉，一觉醒来，差不多天又快黑了。饿了，它便去垃圾桶找吃的；渴了，它就去管道下面那个铁桶里找水喝。它在垃圾桶里已很难找到可吃的东西，而且桶里的水越来越少。小猫意识到，如果它继续在这个院子里守着这个垃圾桶迟早要饿死的，但它也想不出该去哪儿。自从妈妈一去不返，小猫再也没有回过它原来居住的那个点心盒子。

有一天，小猫又在这家院落里四处游荡，忽然，它看到了前几天遇到的那只大黑猫，毫无疑问，大黑猫也是来这个垃圾桶寻找食物的。小猫本能地向后退到一边，还没等大黑猫发现它，它就悄悄顺着管道跑出了这个院落。

灵犀一点

失去了大树的荫庇，小草只能选择坚韧。离开了妈妈的小猫，只能独自坚强，过早学会了生存的技能。

第三章　独自长大

失去了妈妈的小猫是如何生活的呢？在它成长过程中又会遇到哪些危险？

小猫无家可归，也无处可去，成了四处流浪的孤儿。

这一天，小猫又来到高墙边，它希望在这里可以找到一点儿能填饱肚子的食物。高墙下边有一个小洞，小猫卧下身子，它试探着把头探了过去，然后钻过洞口。在洞口的另一边，它发现那里场地非常宽敞。

小猫刚钻过洞口，就听到一阵脚步声，它抬头一看，吓了一跳。原来它发现了一条大狗。小猫吓得赶紧缩回那个洞口。大狗虽然看到了小猫的身影，却因为洞口太狭小，只能远远地看着它离去，却没有任何办法。

大狗转身走了，小猫定了定神，意外地发现洞口处竟然有几块快要腐烂的土豆。小猫的肚子早就饿得咕咕响，它看到土豆高兴极了，连忙把它叨进嘴里，几乎没经咀嚼就吞咽了下去。

这一天就这样过去了，小猫没有多少收获，也没有遇到特别的危险。

第二天早上，地面上出现了许多叽叽喳喳叫的小麻雀，以前小猫也见过这些喜欢成群结队飞来飞去的鸟，当时并没特别在意。可是现在，在它饥饿的状态下，这些小麻雀便成了很大的诱惑。

小猫想象着自己的美味佳肴，决定开始行动。它瞅准了距离自己最近的那只麻雀，一跃而起，猛地朝那只麻雀扑了过去。可是那只麻雀早已飞上了天空，动作比小猫更迅速。几个回合过后，麻雀总在小猫以为能得手的时候脱

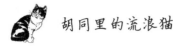

险。小猫累得气喘吁吁，再加上肚子里没有食物，更加体力不支。就这样，小猫只好遗憾地望着那群飞远了的麻雀发愣。

应该有好几天没有吃到东西了，小猫已经饿得头晕眼花，它也记不清到底有几天没有找到食物了。

小猫顺着通往胡同的那条大路，找到前几天刚刚从那里钻过去的洞口，只是这一次它没有那么幸运，它刚刚爬过洞去，就被一阵石头打到身上。原来，是洞口那边街上的几个调皮的孩子，他们发现小猫从洞口钻了过来，纷纷从地上捡了一些石子，朝它身上掷过来玩。小猫来不及多想，只好向后退去，退回到那个洞口的另一边。

然而，还没等它回过神来，它忽然发现洞口这边竟然出现了一只大狗。原来，这只狗刚刚就趴在不远处，听到小猫的声音，便起身追了过来。情急之下，小猫瞬间纵身一跃，朝前面一张铁丝网跳了上去，这才暂时躲过了大狗的追击。

小猫在铁丝网上喵喵叫着，那只大狗也往前跟了一步，可是它无计可施。小猫的叫声引起一个中年女人的注意，那个女人把头探出窗外，正好看到大狗追赶小猫，便狠狠地呵斥了几句："滚！别欺负那只小猫！"那只大狗遭到女人的责骂，也觉得无趣，便用鼻子嗅了嗅铁丝网上的小猫，然后悻悻地转身走了。

小猫松了一口气，竟然又有好事降临它身上了。那只大狗走了一会儿，那个女人家里的孩子便从窗户上丢下来一块肉给小猫，小猫有些不知所措了，朝着那个小男孩非常友好地叫了几声，似乎在表达自己的谢意。在小猫心里，这不仅仅是一块肉，简直可以说是雪中送炭的救命食物，而且，这是小猫有生以来吃到的第一块没有腐烂变质的新鲜肉。

面对突如其来的美食，小猫先是闻了闻，然后慢慢吞咽下去，它细细品味着，终于知道原来世界上还有如此美食。吃完之后，小猫依然不舍得离开这个让它先惊后喜的地方，它似乎在期待着什么。

时间一点儿一点儿过去了，夜幕再次降临。四周安静极了，小猫没有等来它想要的幸运，只得从铁丝网上跳了下来，拖着疲惫的脚步，慢慢走回它原来栖身的地方——那个垃圾桶旁边。

转眼两个月过去了。小猫在长大，虽然饥饿常常影响它的成长，但它的身体还是一天比一天强壮起来了。

经过这段时间的独自生活，小猫已经对这一带的环境非常熟悉了，对这里的地形更是了如指掌，它在胡同里蹿来蹿去，早已轻车熟路了。特别是对大街上一排排垃圾桶

的情况，它摸得一清二楚：谁家的垃圾桶里有没有可吃的东西，谁家的垃圾桶里可以找到美食，谁家的垃圾桶里全是腐烂变质的东西。更重要的是，这只小猫很快记住了卖肉的男人的长相，只要那个人一出现在这条胡同里，甚至不用开始叫卖，它只要看到都会以最快的速度跑到他身边。

在这段时间里，小猫还了解到这个胡同里有哪些人家会给卖肉者钱，卖肉者天天会给哪些猫送肉吃。同时，小猫还了解到哪些好心人会无端送肉给它们这样的流浪猫吃。

在这里生活的这些日子里，小猫也曾遇到过码头那边的大狗，亲眼看见那只狗咬死这条胡同里的其他猫的惨状。小猫很聪明，它很快掌握了摆脱大狗追击的方法与技巧，从而多次让它从大狗的魔爪下逃脱。

在一个非常偶然的机会，小猫又找到一个更省心的觅食方法。

在这条胡同里还有一个送奶工，他每天都会把鲜牛奶送到那些订奶人的家门口或者他们的窗台上。每当这个送奶工一走，就会有好几只猫围在奶瓶周围，想要喝到里面散发着香味的东西。但是，送奶工把奶瓶封得严严实实的，别说喝到一点儿牛奶，就是想闻一下瓶子里的味道都

很难。不过，也不是每次都这样，偶尔送奶工大意了，会忘记把奶瓶盖拧紧，这时，这瓶奶散发出来的香味便会格外浓郁。这下可给了那些馋猫们下嘴的机会了。它们会三两下把瓶盖弄掉，然后咕咚咕咚畅饮起来。这天小猫找到机会，也痛快地一气喝完一瓶奶，喝完后，它抹抹爪子，迅速跑开了。之后，小猫天天到送奶工放牛奶的大门外或者窗台上寻找机会喝牛奶。

　　逐渐长大的小猫活动范围也越来越广了。开始，它只是在一个街区的中心游荡，后来，它便开始走得越来越远了。有一天，小猫来到一个地下室，童年的记忆一下子复活了。原来这家地下室正是它头一次出来差点被笼子里的狐狸咬死的地方——那个宠物店的地下室。

　　小猫顺路来到后院，依旧把自己藏在那个垃圾桶和箱

子之间。不知道为什么，也只有到了这里，小猫才感觉自己算到家了。而一旦走出这个地方，它的心就会空荡荡的，感觉自己生活在陌生人的世界。小猫的感觉其实是非常准确的，因为它正是在这个院子里出生的。

但是现在，小猫发现有些不对头了，它顿时生气了。因为原本属于它的地盘不知何时被另外一只小猫占领了。小猫带着愤怒的情绪走上前去，想把那只小猫赶走，没想到，对方并不示弱，朝着小猫龇牙咧嘴，大声吼叫着，此时，两只猫都双眼发红，瞪着对方，它们摆开架势，战争一触即发。

就在这时，一扇窗户砰的一声打开了，一盆冷水哗的一声倾盆而下，那盆水不偏不倚，正好将两只猫浇得浑身透透的。两只猫再也顾不得争夺地盘了，同时跳了起来，快速跑到远处。它们就这样匆匆逃离现场，转眼看不到对方的身影了。

入侵小猫地盘的另外一只小猫爬上高墙，一溜烟不知跑到哪里去了。小猫定了定神，终于回到那个它当成家的地方。而那个点心盒子，也正是它出生时见过的第一个盒子。

小猫对这个区域相当熟悉，对这里的生活也非常适应了，它还在这里找到了另一处更适合它居住的地方。这个新的居所旁边没有垃圾桶，没有管道，也没有水。不过，这里经常有老鼠出没，于是，小猫经常捕捉几只老鼠充饥，只要饿了它总能捉到这些倒霉的老鼠。自从搬到这个新的居所，小猫再也没有挨过饿，这让它很开心。更让小猫高兴的是，这里的老鼠不知为什么总是那么多，它几乎不用担心捉不到老鼠充饥。

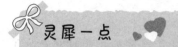

灵犀一点

　　熟能生巧，实践是掌握技能最快的方式。小猫经过一段时间的独立生活，很快掌握了躲避危险和觅食的本领。

第四章　初遇爱情

小猫长大了，它遇到一只勇敢的黄猫，并对它产生了好感，它们能够走到一起吗？

小猫长得非常快，它已长成漂亮的"大姑娘"了。它是只母猫，身上长着浅灰色的毛，灰色的毛中间还有黑色的花纹，远远看去，就像是一只浅黑色的小老虎。不仅如此，小猫的身上还有几个地方呈现出白色，分别是鼻尖、尾巴尖和耳朵。这几个白点在灰色的小猫身上格外显眼，显得非常漂亮。

这只小猫此时早已精通了生存之道，它很会照顾自己，小时候挨饿受冻的情形几乎没有再出现过。只是偶尔也有意外情况发生，会有为数不多的时候找不到食物。那时，小猫就会把注意力从老鼠身上转移到小麻雀身上，但是，就像小时候一样，小猫从来也没有逮到过麻雀，那些会飞的麻雀总在它快要扑过来的时候飞到高处，所以，从小到大小猫就没有尝过麻雀的味道。

八月的一天，小猫在暖暖的阳光下躺着睡觉，就在这时，一只黑猫悄悄朝它这边走来，这只猫长得非常肥大，原来它在对面的高墙上散步，发现小猫时，便一路朝小猫直奔过来。此时，小猫已经看到这只黑猫耳朵上的豁口了，一下子想起它们曾经碰见过。小猫马上紧张起来，它迅速钻进了自己的居所躲了起来。

大黑猫看到小猫躲进盒子里，便慢慢朝它这边走来，然后纵身一跃，一下子跳上了院子尽头的一个房顶上面，它慢慢靠近小猫的居所。突然，从旁边跳出一只大黄猫挡住了大黑猫的去路，这只大黄猫也是一只公猫，刚刚发生的一切它尽收眼底。

大黑猫见自己无故被拦，非常生气，它怒气冲冲地朝着大黄猫吼叫起来，眼睛里露出凶光。再看看大黄猫，它毫不畏惧，相反，它也用同样令人不寒而栗的目光盯着大黑猫，只是向后退了一步，却毫不示弱。

它们就这样对峙着，谁也不肯让步。两只猫都使劲摇晃着自己的尾巴，耳朵直直地竖起来，它们都竭尽全力支撑着自己的身体，目不转睛地盯着对方，谁也没有退让的

意思。

"喵喵喵，喵喵喵……"大黑猫吼叫着。

"喵呜，喵呜……"大黄猫用这样的腔调吼叫着。

大黄猫边叫边把自己的后背高高地拱了起来。

"喵喵喵，喵喵喵……"大黑猫继续吼叫着。

"喵呜，喵呜……"大黄猫紧跟其后，边吼叫边朝旁边挪动了一下身体，还摇着自己的尾巴，直逼那只大黑猫。

大黑猫从来没有遇到过敢这样跟自己对峙的同类，它也许是被大黄猫的气势吓住了，胆怯了许多，它不由自主地往后退去，身体慢慢缩了回来，但仍然没有转身溜掉。

也许是两只猫非同寻常的叫声惊动了在这个院子里居

住的人，一些窗户陆续打开了，人们纷纷向发出声音的地方望了过来，他们想看看两只猫是如何开战的。

大黑猫从没见过这样的阵势，它的叫声越来越高，却无法掩饰内心的慌乱，它从大黄猫的眼中看不到丝毫退却的意思，更看不见丝毫的胆怯，相反，它看到的是大黄猫越来越坚定的眼神和毫不畏惧的攻势。而此时大黄猫的叫声反而低沉了许多，原来尖尖的叫声变成低沉的怒吼。

就这样，两只猫互不相让，一边吼叫一边逼向对方，战争一触即发。两只猫都愤怒了，它们抖动着自己的胡须，狠狠地瞪着对方，就像两座雕塑一样一动不动地立在那里。突然，两只猫几乎同时向前迈了一步，它们的鼻子最先碰到了一起，随即，两只猫像是疯了一样开始向对方发起进攻。它们的吼声响彻在整个小院里，非常尖厉，它们互相用利爪攻击对方，撕扯在一起。它们互相咬着、抓着、扭动着身子，厮打成一团。两只猫的力量差不多大，时而大黑猫占上风，时而大黄猫占上风，渐渐地，大黄猫开始略显优势了。

两只猫打得难分难舍，它们滚动着的身体一时间怎么也停不下来，因为它们谁都不肯退让一步。这时，观战的人越来越多，有的人甚至开始为它们叫好，不时有人因为它俩的激烈搏斗而发出兴奋的感叹声，那些声音来自不同

的窗口。

　　不一会儿，两只猫同时从房顶上滚落到地上，即使在滚落的时刻，它们也没有松开咬着对方的嘴。它们在地上翻了个身，稍稍停留了片刻，然后继续扭打在一起。

　　人们只顾着看两只猫之间的精彩战斗，却没有注意到它们究竟厮打了多久。也许是累了，也许是伤得太严重，两只猫看起来都不如开始那样用力了，它们边吼叫着边喘息着向后退去，大概是力气耗尽了，它们之间的战争终于告一段落。

　　大黄猫站在那里，并没有立刻离开，它的耳朵后面和眼睛上方都有血流了下来。而它对面的大黑猫同样也是血迹斑斑，伤势似乎更为严重，只见它右腿被咬开了一道长长的口子，腹部一侧还有一道更长的口子，正在不停地滴血，不用说，这些伤口都是大黄猫给它留下的"杰作"。两只猫休息了片刻，互相看着对方，没有再发起新一轮攻击。

过了一会儿，大黑猫用微弱的声音叫了两声，慢慢地向后退去，然后转身爬上那座高墙溜走了，它路过的地面和墙上都留下了它的斑斑血迹。

大黄猫仍旧站在那里没动，看热闹的人们为大黄猫大声喝彩着，并嘲笑撤退的大黑猫。一向战无不胜的大黑猫败北的消息很快传遍大街小巷。躲在盒子里的小猫从头到尾看到了这一切，它看到大黄猫胜利了，心里有说不出的高兴。小猫对这只勇猛的大黄猫产生了好感，它悄悄从盒子里探出头来，用羡慕的眼光看着大黄猫。大黄猫也看到了盒子里的小猫，感觉它是如此可爱，两只猫四目相对的那一刻，它们便认定对方是自己的朋友了。

从此，大黄猫和小猫形影不离，感情越来越深，人们常看到它们互相追逐的身影，于是干脆给它俩取了个好听的名字——大黄猫叫比尔，小猫叫吉蒂。现在，即使它们偶尔各自活动，或者不在一起觅食，但在内心里它们已经把对方视为自己的伴侣了。

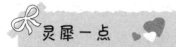 灵犀一点

　　狭路相逢勇者胜。勇猛的大黄猫打败了一向凶猛的大黑猫，并且赢得了小猫的爱情。在动物世界里，只有自身强大了，才会有机会赢得自己想要的东西。

第五章　痛失爱子

吉蒂外出觅食时，它的孩子跟它的兄弟姐妹一样惨遭杀害，这次的悲剧不是大黑猫造成的，而是人类。

时间过得飞快，转眼九月快要结束了，十月即将来临，天气渐渐变得凉爽起来，黑夜越来越长，而白天越来越短了。

有一天，在吉蒂家里发生了一件大事，对，就是在吉蒂原来居住的盒子里发生了一件令人惊奇的大事。虽然比尔是吉蒂的丈夫了，但它很少在这个院子里活动，人们在白天几乎看不到它的身影。

直到有一天比尔来到这个院子里，来到吉蒂的家，它惊奇地发现在自己的妻子——吉蒂的身子底下，竟然卧着五只可爱的小猫咪。原来吉蒂做妈妈了！生了宝宝的吉蒂每天都幸福地守着自己的孩子，生怕它们出现意外。它时常爱怜地舔着它们软软的毛发，以前的吉蒂太孤单了，所以，它十分珍惜如今儿女绕膝的幸福时刻。

吉蒂现在才感觉到自己的家是多么温馨。为了养活五个孩子，吉蒂整天忙忙碌碌，非常辛苦。它每天必须出去觅食，以保证自己和孩子都吃得饱饱的。

日子过得很快，吉蒂的宝宝们出生六个月了。这一天，吉蒂像往常一样出去给自己和孩子觅食，而它的孩子们也开始尝试着从盒子里往外面爬了，它们爬向有亮光的盒子出口处，探头探脑的。它们迫不及待地想练习走路了，虽然它们的小腿还没有太大的力量。

对于吉蒂来说，运气好坏常常是不确定的。总的来说，好运气时常会光顾它，而坏运气偶尔也会降临到它身上。最近一段时间，吉蒂感觉自己的运气实在有点儿差，先是接连两天没有找到食物，而后又接连三次在觅食过程中意外遇到了大狗。更让它无法忍受的是，在它经过那家宠物店的门口时，原来还给它扔过食物的黑男人竟然开始用石头向它投掷，它被打得很疼。灾难过后，吉蒂也会碰上好运气。

一天早上，吉蒂在四处觅食时，发现有一家人放在外面的牛奶瓶盖子忘记盖上了。吉蒂惊喜异常，连忙过去把这瓶牛奶喝了个精光。随即，它还非常灵巧地从另一只家猫嘴里抢到了一块鲜美的猪肉。这一天，好运气一直伴随着吉蒂，就在它回家的路上，吉蒂又在垃圾桶旁边发现一个没有腐烂的大鱼头，显然，不知是哪家主人刚刚扔出来的。吉蒂毫不犹豫地把这个大鱼头吃进了肚子，然后心满意足地朝自己家走去。

刚刚走到自家院子，吉蒂发现一只长着灰褐色毛的小动物。走近一看，原来是一只灰褐色的小兔子。此时，吉蒂本能地想跳过去抓住小兔子，可是，它已经吃得太饱了，肚子鼓鼓的，实在没地方盛得下更多的食物了。于是，吉蒂假装不在意，没有理会那只小兔子，而是径直朝自己的小家走去。

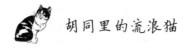

　　吉蒂内心里感到有些可惜，况且它并不想把即将到嘴的食物错过。于是，吉蒂又重新返回到小兔子身边，想把小兔子带走，等到饿了的时候再吃掉。这只小兔子还是只幼兔，实在太小了，它全然没有意识到自己的危险处境，仍然悠然地蹦蹦跳跳。于是，吉蒂毫不费力地就把这只小兔子捉住了，它用嘴叼着小兔子，把它带回了自己的家，并把它和自己的小宝宝们放在了一起。

　　小兔子没有任何反应，乖乖地坐在小猫咪们的旁边，它的身上一点儿伤也没有，所以，它并没有感到特别害怕。

　　过了一会儿，吉蒂该给自己的宝宝们喂奶了。而这只小兔子竟然过来跟其他小猫咪一样，含着吉蒂的乳头，用力吸吮着吉蒂的乳汁。小兔子的举动倒是把吉蒂吓了一跳，它把小兔子带回家，本想打算作为自己的食物的，没想到竟然让小兔子吸到了自己的奶。

　　现在，吉蒂的肚子鼓鼓的了，它不知道该如何处理这只小兔子。奇怪的是，自从小兔子喝了自己的奶，吉蒂竟然对这只小兔子有了好感，甚至对它产生了母爱。于是，小兔子与其他小猫咪一样一起享受着吉蒂的照顾与怜爱，成了这个大家庭的一员。

　　小兔子与小猫咪们相安无事，日子过得飞快，它们已

经在一起生活了半个月了。

这一天，吉蒂再次外出觅食，小猫咪们又从那个盒子里爬了出来，在外面的地面上玩耍，而小兔子还是太小了，它竟然无法像其他小猫咪那样跳出盒子，只能老老实实地坐在盒子里，用羡慕的眼光看着小猫咪们玩耍。

就在这时，那个宠物店的黑男人过来了，他看到地面上五只小猫咪正在无忧无虑地玩耍，顿生歹意，他想用猎枪把它们全部打死。于是，黑男人返回宠物店，不一会儿，他又回到这里，手里多了一把黑色的猎枪。他用猎枪瞄准了那些小猫，毫不犹豫地扣动了扳机。可怜的小猫咪在没有任何征兆的前提下，没有任何防备，便一个个陆续倒在了血泊中。

这时吉蒂觅食归来，它嘴里还含着自己刚捕捉到的一只老鼠。黑男人看到吉蒂，再次举起猎枪，把枪口对准了吉蒂。但是，当黑男人看到吉蒂嘴里的老鼠时，他犹豫了一下，心想：也许这只会捉老鼠的小猫会对自己有用。于是，黑男人把猎枪慢慢放了下来，吉蒂在不知不觉中躲过一劫。

吉蒂永远不会想到，就是这只老鼠救了自己的性命。当吉蒂回到自己家时，它看到旧盒子里只有那只小兔子坐在那里，而它的孩子们一个也不在了。于是，它呼唤着自己的宝宝们，随即跳出盒子四处寻找，然而，它的孩子们的尸体早已被黑男人扔到远处了，吉蒂找不到自己的孩子，它根本没想到自己的孩子们早已死在那个黑男人的猎枪之下了。

天快黑了，吉蒂没有找到自己的孩子，不得不重新回到自己的那个小家，然后把寻到的大块美食分给了小兔子吃。可是，此时的小兔子早已吓坏了，因为它目睹了黑男人杀死小猫咪的全部过程，只是它不会说，没法告诉吉蒂刚刚这个小盒子外面发生了什么。小兔子坐在那里一动不动，满脸的恐惧，好像它对吉蒂带来的美食并不稀罕，这让吉蒂很不理解。没有办法，吉蒂只好躺下，就像从前一样给兔子喂奶，但它放心不下自己的孩子，在那里一遍一遍地呼唤着自己的宝宝。

　　不管吉蒂如何呼唤，仍然不见小猫咪们有任何回答，但是，这叫声却把宠物店里的那个黑男人吸引了过来，他听得真真切切，于是，那个黑男人再次来到院落里，来到那个旧盒子旁边。他简直不敢相信自己的眼睛，他看到一只母猫在给一只小兔子喂奶，而它的旁边还有一只死去的老鼠。黑男人眼里充满了惊奇，这时吉蒂也看到了他。它马上警觉起来，两只耳朵本能地竖了起来。

　　吉蒂看到黑男人没有停下来的意思，开始不安地吼叫起来。这个声音似乎在向黑男人发出警告，企图阻止他继续靠近。黑男人看到吉蒂眼里的凶光，犹豫了一下，转身离开了。但是，没等吉蒂松口气，那个黑男人重新回到它的盒子旁边。同时，黑男人的手里多了一块木板。黑男人把木板盖在那个旧盒子上，把吉蒂和小兔子严严实实地盖在里面了。然后，黑男人弯下腰，把这只旧盒子连同住在里面的吉蒂和那只小兔子，一起搬到了宠物店的地下室里。

　　黑男人回到宠物店，立即把他看到小猫喂小兔子奶的事报告给了宠物店的老板。老板一听感到很惊奇，立刻跟着黑男人来到那个旧盒子前，当他看到那只可爱的小兔子时，黑男人凑过脸来讨好地说："老板，你说这只小兔子是烤着吃还是煮着吃？"老板看了一眼小兔子，他灵机一动，却有了另外的想法：一只猫给一只兔子喂奶，这可是绝好的新闻，如果把这只猫和兔子送到马戏团，说不定可以卖个大价钱，它们也一定会成为受人欢迎的演员。

于是，宠物店老板吩咐黑男人，把吉蒂和小兔子换装到一个金丝笼子里，挂到自己的店外展览，并且在金丝笼贴上了一个标签——"幸福母子"。

很快，这件事便在附近传开了，人人纷纷前来观看会给小兔子喂奶的猫，看这对不同物种组成的特殊家庭。更有好事者看过之后到处传播，很快，宠物店的顾客越来越多了，整天络绎不绝。可惜这样的情景并没有维持太久，仅仅过了三天，这只可爱的小兔子竟然死了。

而吉蒂在这几天也享受到了前所未有的待遇，它在宠物店里大吃大喝，暂时摆脱了每天四处奔波觅食的生活。但是，吉蒂并不开心，因为每每想到自己的孩子和死去的小兔子，它便感到心痛不已。同时，过惯了自由生活的吉蒂被关进了笼子里，这让它很郁闷，它倒希望自己像那只小兔子一样死去呢！

吉蒂在这个宠物店只待了四五天，整天无所事事，它除了用舌头舔自己的身子，再也找不到其他事可做。而它的身子本来就很漂亮，现在三餐无忧，又经过自己的精心梳理，它变得更漂亮了。宠物店老板看到吉蒂如此漂亮，决定

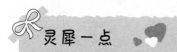

不放走它，而是养在自己的宠物店，当成自己的宠物。

灵犀一点

　　生活在大自然中，除了阳光和鲜花，也会有危险与陷阱。唯有让自己不断强大起来，掌握更多的生存技能，才能在这个世界上立于不败之地。

第六章　被迫受训

吉蒂落入宠物店老板的手里，会有哪些遭遇呢？

　　宠物店的老板名叫马力，他出生在英国伦敦，个子不高，长得矮矮胖胖的，人缘很不好，他周围的邻居对他几乎没有什么好的评价。因为他做生意很不地道，追求利益至上。在他的宠物店里，常常出售一些瞎了眼或者体弱多病的动物，因为这样的动物进价便宜。更让人无法接受的是，他的店里还经常出售一些偷来的小狗、小猫等宠物，当宠物主人来索要时，他总是向他们要一定的费用或者一些礼物来作为赎金，为此，周围的人对他嗤之以鼻。

　　虽然马力是老板，但他经营不善，也不是很富有。不过，他让黑男人在他的家里免费吃住，并且与黑男人相处得很融洽。

马力并不甘心安于现状，他有自己的野心，他店里的金丝雀只是一个幌子。马力最大的愿望就是能出售一些优良品种的猫，而且还能在名猫展览会上将自己的名猫向观众隆重推出，以获得更多的奖励。他常常做着白日梦——自己一夜暴富。马力之所以这么想，主要有三个原因：一是他希望借此能获得一笔数额不小的奖金；二是他一直想出去旅行一次，而只要参加名猫展览会就会得到一张免费的车票；第三个原因就是黑男人曾经说过的，当一只猫成为名猫的时候，那么饲养他的主人也就成为名人了，那时这只猫就价值不菲了，而马力一定会名利双收。

可是幻想总是幻想，因为到目前为止，他的猫也一直未能参加名猫展览会，这种展览会不是所有的家猫想参加就能参加的，必须要有特定人的推荐，否则只能是望洋兴叹了。

马力也曾经养过一只猫，他一直向世人夸耀说他的猫是正宗的波斯血统，出身高贵，马力也带它参加了名猫展览会，但是那只猫长得实在是不怎么样，不管他怎么向人夸耀，评委会的人没人相信他所说的，于是很快他所谓的"名猫"就从展览会上被清除出来，连参评资格都被取消了。

那次展览会，马力以失败告终，但是他并没有放弃自

胡同里的流浪猫

己的梦想，他时时刻刻在寻找参加展览会的机会。机会终于来了，现在他的店里有漂亮的吉蒂，他觉得自己的命运也许会因为吉蒂而发生改变。

这天，马力盯着吉蒂仔细瞧着，越看越觉得吉蒂实在是太漂亮了，他自言自语道："吉蒂，你要争气啊，我要把你送到展览会上去参展。我的命运就掌握在你的手里了！"

从此，马力就把自己所有的精力都放在吉蒂身上。他每天都给吉蒂喂最好的食物，吉蒂的毛因为营养丰富更加有光泽了，在阳光下闪闪发光。马力更加坚定了自己的信念，那就是如果带吉蒂参加名猫展览会，它一定会胜出。

有一次，马力在报纸上看到这样一则消息：要想使动物具有闪亮的毛发，就要给它喂大量的油腻食物，同时还要让动物经受严寒的考验。马力小心地把这篇文章从报纸上剪了下来，并照着报纸上的说法对吉蒂开始了培养和训练。

训练对吉蒂来说是件不幸的事，自从到了马力的宠物店，它的生活大部分时间都非常痛苦。刚到宠物店时，马力就把它用杀虫剂彻底清洗了一遍，还天天给它洗澡，这让它很不舒服。这天，吉蒂被强行按在了洗澡盆里，好不容易洗完了澡，马力又把它带到一个火炉旁边给它烘烤，完事后，马力才把它放回笼子里，这时吉蒂才感到舒服、温暖。于是，吉蒂明白了一个道理：短时的折磨原来可以换来长时间的享受。它满意地叫了几声，就舒服地睡着了。

吉蒂的美貌让马力和黑男人都非常兴奋，他们脸上整天绽放着开心的笑容。

眨眼冬天来了，天气越来越寒冷，吉蒂经受严寒考验的阶段也正式开始了。马力把装有吉蒂的笼子从房屋里拿到庭院，并在笼子上面给它搭了一个小棚子，用来给吉蒂遮挡风霜雨雪。每天吉蒂都可以享受到油豆饼和鱼头，很快它就被喂养得胖胖的，同时毛发也越发有光泽了。

吉蒂住的那个笼子也总是被马力清洗得一尘不染。经过寒冬的洗礼，再加上吉蒂体内充足的油脂，它的毛发散发着迷人的光泽，而且越来越浓密。到深冬的时候，吉蒂已经成为一只漂亮的带着老虎花斑的小猫了。

看着自己的劳动成果，马力简直要得意忘形了，他似乎看到了自己美好的未来，预见到自己以后富裕的生活。

没过多长时间，马力期待的名猫展览会就在镇上举办了，马力付出了这么多精力，花费了这么多财力，他当然不会放弃这次机会。上一年的展览会他惨败了，今年他一定要制订一个完整的计划，目标只有一个：只许成功，不

许失败！

想到这些，马力又坐在吉蒂的对面，对着它认真地端详起来。突然他对黑男人说："伙计，我们如果就这样把小猫送到展览会上肯定不妥当，因为这只猫原来是一只野猫，对于这个身份，我们一定不能让人知道，否则我们连参展的资格都会失去。所以，我们一定要给它取一个好的名字，给它认定一个好的出生血统，只有这样，展览会的人才会认可我们的这只猫。"

不等黑男人回答，马力就沉思起来，想着给吉蒂取一个什么样的名字，然后他自言自语："'罗伊雅娜'怎么样？听上去很不错啊，像一位公主的名字，也像是一位王后的名字，但是名字是不错，给它一个什么样的姓氏呢？否则血统也不正啊。"想了好久，马力也没理出头绪，于是转头望着黑男人说："伙计，你来自什么地方？我记得你跟我说过，你出生在一个岛上，你出生的那个岛叫什么名字?"

"叫阿娜罗斯丹岛。"黑男人回答道。

"太好了，这下子有了，我们就叫这只猫为阿娜罗斯丹，那它就是路易·阿娜罗斯丹的血统出身了，这样的话我们的这只猫就是名猫了，真是好极了! 伙计，你认为怎么样?"马力显然很兴奋。

黑男人没有说话，但是听着马力的话他一直不住地点头，然后两个人为自己的聪明而开怀大笑起来。随即，黑男人又想到了什么，于是他对马力建议道："老板，这样的话，我们是不是还缺一样东西? 我们是不是应该给它弄个血统书，或者血统证明什么的? 这样人们就不会有什么怀疑了。"

"伙计，你太棒了! 是的，你说得对极了! 我们应该这样做，这事很简单，难不倒我。"马力对黑男人的建议十分赞同，也很欣赏他的"才智"。

马力很快找到了很多关于血统证书的资料，然后以最有名的血统证书作为参考，制作出一个很古老、很久都没有人知道的王族的假血统证书。

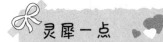 灵犀一点

为了把吉蒂训练成名猫，马力下了很大的功夫。但是弄虚作假、不择手段的行为让人不齿。我们应该追求真善美，杜绝假恶丑。

第七章　一夜成名

　　宠物店老板给吉蒂伪造了一张王族的假血统证书，并带吉蒂参加了名猫展览会，它会在众多名贵猫中脱颖而出吗？

　　一切准备就绪，在一个有雨的下午，黑男人戴着老板马力给他租来的大礼帽，带着吉蒂和那张假血统证书，打着一把伞去名猫展览会报名了。

　　这个黑男人之前是一位理发师，也曾开过一个理发店，在他的理发店里见过不少上流人士，在今天这些都能派上用场了。在出门之前，他学会了一个上流人士的动作，这个动作是马力花费几年的时间都不一定能学会的，但是黑男人只用了五分钟就学得像模像样了。

　　黑男人摇着头，显露出傲慢的神态，大摇大摆地向报

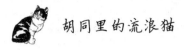

名处走去，这让他看起来很有派头。来到报名处，他对报名处的人说："我是受我们主人的委托，来给这只猫报名的！"

黑男人的派头和他的言行让报名处的人认定这一定是贵族人家养的一只猫，于是，报名处的人恭恭敬敬地接过黑男人递过来的血统证书，然后发给黑男人一张展览会的入场券。对于这样的名猫展评要求是相当严格的，过入选资格这一关就非常难，如果没有合适的人推荐，一般的报名者不会被展览会的人受理，但是今天黑男人的派头镇住了报名处的工作人员，他们对于这只猫的情况问也没多问，就给了黑男人入场券，马力和黑男人非常轻松地蒙混过关了。

看到黑男人手中的入场券，马力别提有多高兴了，他期盼着展览会能快点儿到来。

盼望的事情终于来了，名猫展览会终于拉开帷幕。虽然马力对这次参展没有十足的把握，但他还是早早地来到展厅。在展厅门外，一辆辆装饰豪华的马车，许许多多的上流绅士在穿梭，马力有些紧张起来。走到门口，马力弯着腰就要进去，但是管理人员拦住了他，满眼的怀疑和不满，说话的口气也满是不敬。当马力拿出自己的入场券时，管理人员才确定这个人确实是来参加展览会的，于是对着马力轻微一点头，意思是"你可以进去了！"因为马力的神态和派头，没人认为他是一个生活在上流社会的人，感觉他是一个马车车夫。

但是不管怎样，马力总算到了展厅。会场的两边放着一排排装着猫的笼子，非常整齐，在笼子的前面铺着漂亮的天鹅绒地毯，整个会场集中了众多的男男女女，一看就知道这些人都来自上流社会。而此时马力身上的衣服皱巴巴的，也没有好的形象，与这里的氛围有些不协调，人们看到他时都皱起眉头，好像在心里嘀咕："这是什么人？到这里干什么来了？"

马力没有多余的精力去关注别人对自己投来的异样目光，他沿着那些猫笼子慢慢地向前走，看着那些展出的猫，他看到了一些得过奖的猫们都戴着彩带。此时马力很想知道自己那只猫的情况，但是他不知道怎样开口。他的心里始终很慌张，如果参展的这些绅士和淑女贵妇们发现自己的猫是假的，那他们会怎样对待自己？所以他只有在展厅里东走西看，神色慌慌张张，他也希望看到自己的阿娜罗斯丹，但是他始终没有寻找到它。

马力要放弃了，他想：我也许不该到这么一个地方来，不该对这样的展会抱有幻想，看样子，这次我又是白忙活了！不过他也暗自庆幸，因为自己毕竟有了会员证，以后就会知道能在什么地方捉到这些具有高贵血统的猫了。马力自我安慰着。

展厅正中央全是人，因为这里是最高级名猫的展出场所，而在这个地方一般人是无法进入的，只有有地位、有身份的人才能在这里观赏。马力也想挤到前面去看看，可是他太矮了，把脚跟高高地抬起来依然看不到任何东西，除了人还是人，只有他们的说话声在自己耳边响起。

　　一个女士的声音传来："天哪，好漂亮的猫啊！"

　　"是的，这只猫实在是太漂亮了！"

　　"还有它那身段，你看看，一定是花费了很长的时间才练出来的！"

　　"是啊，不仅如此，你看它是多么优雅、高贵，那从容镇定的模样真惹人怜爱！"

　　"不知道这是谁家的小猫咪，我多想拥有这样一只猫咪啊!"

"说真的,我也想拥有这样一只小猫。对了,你知道吗?这只小猫还有非常正统的王族血统呢!"

这些话传到马力的耳朵里,他感到特别刺耳,他开始后悔自己当初的决定,他怎么能想着把自己从垃圾堆里捡来的野猫当作名猫来参加这样高规格的会展呢?自己一定是鬼迷心窍,又是多么愚蠢啊!原来自信满满的马力此时只剩下无地自容,他的脸红彤彤的,一阵阵眩晕袭击着他。

就在这个时候,展厅的一位负责人走了过来,他清了清自己的嗓子,然后说道:"不好意思,太太,请让开一点儿!"然后又对着所有的观众说,"请各位先生、女士安静一下,请你们让开点儿地方,体育杂志的画家已经到了我们的会展现场,他会立即把会场的情况画出来。对对,你们说得对,他就是我们专门请来为名贵的猫画画像的。"

这时一位在笼子旁边的绅士问道:"请问您一下,您知道这只小猫是谁的吗?那么高贵的猫,我想把它买下来,您能帮我找到这只猫的主人吗?"

"这个恐怕不好办,先生。因为我不能做这个主,况且我也没有真正见过这位先生,我只是听说他的门路很广,而且这个人很难接近。不过,先生,我会尝试去见他,然后把您的意思转达给他,但是我听说他本来是不愿

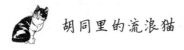

胡同里的流浪猫

意展示自己的这件宝物的，这是他的管家曾经告诉我的！那么也麻烦您让一下可以吗？"

听到这里，围观的人自动让开了一条小道，矮小的马力努力挤到画家和这只名贵猫的身边，他没有别的意图，他只想打探一下去哪里能够找到这样名贵的小猫。马力终于挤到了笼子的近旁，他一眼就看见了大家称赞的那只名贵的小猫咪，而且他也看到了笼子前面的一行文字：

路易·阿娜罗斯丹，拥有正统的王室血统，纽约名猫展览会的蓝绶带金奖获得者，展出者：吉普·马力。非卖猫咪！

马力看到这些信息，简直不敢相信自己的眼睛，他擦了擦眼睛又看了好几遍。对，没错，是他的名字，是他的猫，此时的他几乎连呼吸都要停止了，这对他来说简直就是天上掉馅饼啊！

再看那只名贵的小猫，此时它正卧在笼子里的丝绒垫子上，它的毛发闪着黑色和浅灰色的亮光，正微闭着浅蓝色的眼睛。是的，这就是他从垃圾堆里捡来的那只野猫，但是现在不是野猫了，它现在是一只名贵的、脱俗的猫咪。在吉蒂的周围有四个警察守护着，而它舒服地躺在垫子上，尊贵、大方，此时看上去就是一幅精美绝伦的油画，让人惊叹不已。

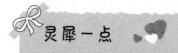

灵犀一点

　　马力受利益驱使，蒙混过关，使吉蒂被评为名猫。"卑鄙是卑鄙者的通行证，高尚是高尚者的墓志铭。"让我们记住这句话，做一个诚实守信的人。

第八章　再次被捉

成为名猫的吉蒂快乐吗？在新家的表现如何？

　　宠物店老板马力围着吉蒂的笼子不知来回走了多长时间。哦！不对，我们不能再叫它吉蒂了，现在应该叫它路易·阿娜罗斯丹。马力满耳朵听到的都是人们对它的极力夸赞，他的心里也极为满足和兴奋，因为这样的经历在这之前是从未有过的，这太出乎他的意料了。

　　之后，马力悄无声息地离开了展厅，经过精心策划和思考，他认为还是先把一切事情都交给店里的黑男人来处理更为合适。

　　想到这里，马力马上回到了自己的宠物店，但是他并没有立即叫来那个黑男人，而是自己一个人静静地坐在那里，因为他内心太激动了，他必须要让自己先平静下来。

这只生活在垃圾堆里的野猫不仅给宠物店店主马力带来了意想不到的人生转变，而且也给这年的名猫展览会带来了史无前例的成功。吉蒂此时不再是野猫，也不是一只普通的猫了，它不仅出名了，而且身价也是一天一个样。因为在展出时没有给吉蒂标注售价，所以这更加吊起了那些绅士们的胃口，到了最后竟然有人愿意用一百美元来买下它。马力听到这个消息时就派黑男人冒充他的仆人去见展会的会长，因为他也不知道应该以什么样的价格卖掉吉蒂。当他听到黑男人说会长称一百美元已经不低了的时候，他想都没想就把吉蒂卖掉了。一百美元对于马力而言不能说是天文数字，但可以让他富甲一方了。

马力的这一决定也改变了吉蒂的命运，它被带到一个有钱人的家里，生活在第五街区的一个高级大宅子里，成为这家人的宠物。

到了一个新的地方，吉蒂脱离了笼子，没有丝毫的约束，它的举动很随意，但是它好像并不喜欢这家人，只要有人和它亲热，它就赶紧躲开，并且大闹起来。但是这家人并不在意，他们还给吉蒂的行为找了一个合适的理由：这只小猫太娇贵，它不会依附于任何人，一定是受到了良好的教育，真是猫中的贵族，不愧是王室血统！

所以他们对吉蒂的坏脾气不仅没有生气，反而还特别

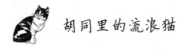

欣赏。吉蒂的一些旧习也渐渐显露出来。它会把牛奶瓶的盖子打开，喝干里面的牛奶，面对这样的情形，这家人就又会说："天哪，你们看呀，这只小猫多么聪明，它竟然知道怎样把瓶盖打开，这个路易·阿娜罗斯丹真是了不起，真是太可爱了！"

打开牛奶瓶盖还不算什么，吉蒂更没教养的举动开始时时显露，它有时跑出屋子，会在垃圾堆里打滚，弄得自己浑身脏兮兮的。但是这家的主人也没有责怪它，更没有把它赶出去，看到这样的吉蒂，他们还会生动地描述："路易·阿娜罗斯丹耍起了大小姐的脾气，这个大家闺秀动起气来也是那样可爱，你看，只有这种正统血统的猫才有资格这样做！"

现在的吉蒂已经完全摆脱了那种挨饿受冻的生活，每天吃到的都是人间美食，并且大伙都把它当作掌上明珠，它每天的工作就是接受大家的赞美并给主人提供娱乐。但是这并没有让吉蒂感到特别幸福，它一直想念着曾经生活的垃圾桶，思念着自己的故乡。吉蒂把自己脖子上的蓝绶带拽了下来，蹲在窗台上向远方望去，它希望自己有一天能走出这个大笼子。

转眼，三个月即将过去。一天夜里，这家人往外送垃圾，吉蒂见没人注意到自己，就从门的缝隙里钻了出来，逃到了外面，然后一溜烟消失了。

　　吉蒂的逃走，在当地掀起了轩然大波，当那户尊贵的人家嘴里喊着阿娜罗斯丹到处寻找它时，他们不知道他们买来的猫已经变回了原来的吉蒂。吉蒂只有一个念头，那就是回家，回到属于自己的那个家。

　　不知跑了多久，吉蒂跑进了一个公园，忽然，一种令它难忘的气味搅拌在风中扑面而来，这是来自码头的味道。于是它立即转身跑向码头。方向感帮助它顺利找到了自己熟悉的味道的方向。

　　也许是跑了太久的缘故，吉蒂的肚子已经开始咕咕乱叫了，加上天寒地冻，寒气袭来，吉蒂不禁打了个寒战，但是它仍是兴奋和开心的，因为自己毕竟从那个大笼子似

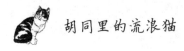

的家里逃了出来，此时的它是幸福的！

　　一路上，吉蒂经历了很多危险，它巧妙地躲过狗、货车，还有别的野猫。不知过了多长时间，吉蒂终于来到了码头，回到了自己熟悉的地方，它看到了原来自己钻过的那个洞，赶紧又钻了进去，然后它跳过了一道高墙，终于来到了自己生活的那个垃圾桶旁。此时，那个尊贵的路易·阿娜罗斯丹已经不复存在了，它又恢复了自己原有的身份——一只野猫，名叫吉蒂。它回到了自己的家，那个旧盒子里。

　　回到自己的家里，吉蒂并没有做什么，而是坐在那里静静地休息了一会儿，它想感受一下家的温暖。但是没一会儿，它的肚子就叫了起来，于是它决定出去寻找食物。吉蒂慢慢起身离开自己的小窝，然后来到了通往宠物店地下室的楼梯旁，这个动作它已经习以为常，因为它知道在那儿可以找到自己喜欢吃的食物。就在这时，店里的伙计——那个黑男人正好从楼梯上下来，吉蒂想躲避已经来不及了，他已经看见了吉蒂的身影，没等吉蒂反应过来，就听到黑男人大声喊道："老板，老板！你快来看看，你看看这只猫，这就是那只名贵的阿娜罗斯丹，它怎么又跑到我们的地下室来了？"

　　听到喊声的马力立即跑到地下室，但他只看到了吉蒂奔跑的背影，马力跟着它跑出地下室，他看到吉蒂跃过高墙，转眼间就无影无踪了。

这时，马力和他的伙计像猫似的在那里喵喵喊着、叫着，他们的语气这时是那么温和："亲爱的吉蒂，快来吧，过来吧！"

但是吉蒂已经知道这些家伙的虚情假意了，不管他们的声音是如何温柔，吉蒂没有一声回应。吉蒂跳过高墙后，看了看四周立即就清楚了周围的设施，然后在这里彻底消失了。

马力和黑男人仍不死心，他们看到吉蒂的身影，感觉好像是又一块馅饼从天上掉下来砸在了自己的头上，因为吉蒂对他们而言就是财神爷啊！自从马力和黑男人把吉蒂送到名猫展览会并把它卖给一个有钱人家后，他们用卖吉蒂得到的一百美元做了很多事情。现在他们把宠物店重新装修了一次，然后又给店里添了几只名贵的小鸟，这样一来，这个宠物店的档次就提高了。

看到吉蒂没了踪影，马力吩咐黑男人："伙计，不论你用什么方法，你一定要把吉蒂找回来，那么我们又可以得到一笔钱了！"

一说到钱，黑男人也兴奋起来，于是他再次来到了吉蒂的老家——那个旧盒子那里，然后在盒子旁边不显眼的一个地方放了一个老鼠夹子，那个夹子上还有一个大大的鱼头。做完这一切，狡猾的黑男人就在离盒子很远的地方静静地等候着。

再说吉蒂，它出去了一整天但是什么可吃的东西都没有找到，它已经饿得不行了。没有办法，它只好回到自己的窝里。刚刚走到自己的窝旁，它就闻到了很浓的鱼腥味，一下子就来了精神，什么也没想就朝传来鱼腥味的方向奔去。

"啪！"一声清脆的响声传来，吉蒂碰到了那个老鼠夹子，它怎么也无法挣脱。正在这时，黑男人拉动自己早先系好的绳子，然后盒子上面的那个盖子紧紧地盖住了。

吉蒂再一次成了黑男人的猎物。

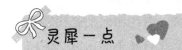

灵犀一点

从小养成的习惯是很难改变的，特别是坏习惯，需要很大的毅力才能改正。吉蒂从小在垃圾场自由自在地生活着，对贵族家庭生活很不适应，所以选择了逃跑。

第九章　重回豪门

吉蒂被黑男人重新送回买它的主人家里，这次它又有什么样的表现呢？

吉蒂再一次被黑男人带到了宠物店，老板马力又有了新的事情要做。他每天必做的事情就是看报纸上的消息，留意"寻猫启事"或者"寻宠物启事"。如马力所愿，这天他真的看到了"寻猫启事"的广告，看着上面的名字，马力兴奋地大声叫着。广告上如是说："我的尊贵的名猫路易·阿娜罗斯丹不慎走失，如果有哪位好心人看到或者收养了它，希望能将它送回，我将给予二十五美元的奖金作为酬谢！"

黑男人再一次成了马力的得力仆人，他把装有吉蒂的那个盒子抱在怀里，朝那户丢失吉蒂的有钱人家走去。

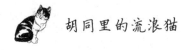 胡同里的流浪猫

到了那户人家，黑男人傲慢地对那家人说："我是来传达马力先生的指示的，他让我告诉您，他很高兴帮您找到了路易·阿娜罗斯丹，这个可爱的小家伙竟然在马力先生的宠物店里散心呢！但是，马力先生看到您发的'寻猫启事'之后，便立即让我把这只可爱的、尊贵的小猫咪送到贵府。"黑男人顿了顿，接着说："我的主人马力先生还让我转告您，他今天把路易·阿娜罗斯丹给您送来，至于那二十五美元的奖金就算了。"

虽然黑男人这样说，但是那户人家看到吉蒂能够再次回到自己的身边，兴奋得不得了，他们把吉蒂从黑男人的手里接过来亲昵地抱在怀里，同时也给了黑男人一笔数目不小的赏钱，这些钱远比二十五美元要多得多。

吉蒂就这样再次回到了那户有钱人的家里，有了上一次的逃跑经历，这家人把它看管得更紧了，从此吉蒂简直就不能从家里往外面走出一小步。

这家人对吉蒂的态度并没有因为它曾经逃走而有任何改变，他们依旧每天都会给吉蒂最好的食物。但是吉蒂仍然没有感到幸福，它的心情更加糟糕，在它的心里这种被宠爱的生活一点儿也不好玩。它的脾气也越来越暴躁。

转眼间，春天再次降临纽约，到处都是一派春意盎然的景象。这户有钱人家忽然想到了在乡下他们还有一所别

墅，于是全家人收拾行李，关好房子的门窗，打算去乡下享受这个春天的美景。他们在准备行李时把吉蒂也装到了一个笼子里，准备带它一起到乡下的别墅里去住。

这户人家带着吉蒂去乡下主要是想给它换一换生活环境，这样的话或许有利于缓解小猫的情绪，也可能会让它忘记自己以前的主人，适应这个新家的生活，接受这里的每一个人。

出发的时刻到了，这户人家带着吉蒂一起上了火车，吉蒂一直被装在那个笼子里。这是吉蒂生平第一次坐火车，刚上车时它还感到很新鲜，就是感觉太吵了，渐渐地，它厌倦了这个长长的车厢里混合着的各种各样的气味和声音。也许吉蒂永远都不会明白这里为什么会是这个样子。这种嘈杂的声音、难闻的气味一直挥之不去，并且越来越严重，它已经快无法忍受了，现在它的脑子里只有一个念头：怎样才能逃走？

不知过了多长时间，他们终于下车了，装有吉蒂的笼子这时被慢慢地举了起来。

周围非常寂静，温暖的阳光照射过来，也照进了笼子的缝隙里，有钱人家的乡村别墅已经在眼前了。

别墅里的佣人早已经在门外迎接，他们对吉蒂很亲切，不时想法逗着它玩，想讨好这只尊贵的小猫咪。但是

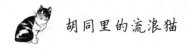

不管他们如何做，吉蒂都不理会，反而一脸的厌烦。

但吉蒂并不是对所有的佣人都不友好，它喜欢别墅里那个胖厨娘。一次偶然的机会，吉蒂认识了这个厨娘，它从她的身上闻到了自己曾经生活的那个胡同里的味道，它真的无法忘记自己以前的生活。

大家在客厅里纷纷议论着。吉蒂听到那个胖厨娘说："不知道这只可爱的小猫咪能不能在这里生活得习惯？"没等大家回答，她接着说："对了，我们应该在它的身上涂上一点儿油，这样它就可以用舌头舔自己的毛了，这样的话小猫就可以安心地待在这里了。"说完，那个胖厨娘就转身拿起自己的围裙，走进厨房，然后把锅里剩下的油抹在了吉蒂的脚底上。

对这样的待遇，吉蒂并不领情，相反它还很恼火。但是当它低下头弯下身子舔自己的脚爪时，心中的怒火渐渐消失了，因为它喜欢自己脚底上的油的那种味道，于是它用了一个小时的时间把脚底的油全部舔光了。

看到这种情形，胖厨娘很欣慰，她充满自信地对其他人说："这样我们就可以放心了，路易·阿娜罗斯丹会安心在别墅里住下来的。"

胖厨娘说的有一定道理，得到这样的待遇后，吉蒂真的乐意就这样安心待在这个别墅里了。但是吉蒂经常慢慢绕过那个胖厨娘，到厨房和垃圾箱那边去捡食物吃，虽然有钱人觉得这样的行为对于一只高贵的名猫而言是有失礼仪的，是不合身份的，但是他们为吉蒂的这种举动感到不可思议又无可奈何。特别是当他们看到吉蒂在乡下安分了，脾气也

好了很多时，他们就很开心。

在这个别墅里生活了近两个星期后，吉蒂获得了进一步的自由，但是依然有专人看护着它，因为他们仍担心它会逃走，怕这只高贵的小猫有什么闪失。别墅周围有很多狗，那些狗很有教养，它们不但没有追逐吉蒂，反而对它相当敬重。附近的小孩子对吉蒂也是非常尊敬，没有一个孩子向它扔石子。这样一来，吉蒂想吃什么就吃什么，一切由着自己的性子，不仅如此，吉蒂还拥有了一个属于自

己的温暖小窝。以前它总是偷偷地喝牛奶，现在它只要想喝的话，就可以直接到盛牛奶的盘子旁边，开怀畅饮。虽然现在吉蒂有了一定的自由，又可以每天享受到这样的美食，但它的心里一直没有快乐的感觉。

有食物吃是好的，但吉蒂还是喜欢当自己很饿的时候，偷偷地离开小窝独自去外面寻找食物。现在就连自己洗澡都有专人为它服务，还有为它准备的专用睡垫，可它还是喜欢躺在厨房的柜子底下，觉得那里才是最舒服的地方，因为在那里，它总是把自己的身子在厨房的地板上来回蹭，直到满身油脂，闻着这样的气味，它才睡得安心。

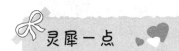

灵犀一点

吉蒂仍然不能适应被人服侍的贵族生活，只要有一点儿机会，它便表现得像个流浪猫一样。事实证明，自己才是自己的主人，能改变自己的，只有自己。

第十章　再次逃跑

尽管吉蒂的贵族主人全家对它都很好，并且千方百计地讨好它，但吉蒂仍然时刻想着逃离。

那个乡下别墅的后面是一个很大的垃圾场，邻居家旁边也有一个大大的垃圾场，这里的任何一处垃圾场都与吉蒂原来生活过的垃圾场不一样，这里的垃圾场里总是散发出玫瑰花的香味，而不是原来它生活过的垃圾场那种食物腐烂变质的味道，但吉蒂讨厌这里的味道。在这里生活的狗和其他猫身上的味道也同样令吉蒂生厌。

让它生厌的东西不止这些，它不喜欢这里的一切，因为这个乡村就像沙漠一样没有生机。这里没有吉蒂熟悉的垃圾场，没有它喜欢的胡同、烟囱、小道，也看不到它一直想念的码头。这里太干净了，没有吉蒂喜欢的腐烂鱼

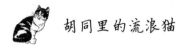

头，也没有随时可见的垃圾桶。

　　吉蒂在这里生活得越久，对这里的厌烦情绪就越浓。如果它有机会出去的话，它要做的第一件事情就是赶紧跑到大路上，然后逃之夭夭。

　　一天早上，一个包裹寄到了乡下别墅里，吉蒂也跟着跑过去看，它从包裹里闻到了自己久违的那种码头和贫民窟里的气味，一闻到这种味道，它沉睡的记忆再次被唤醒，此时的它对故乡有着难以抑制的思念。

　　就在包裹到达的第二天，乡下别墅里发生了很多事情，首先是吉蒂比较喜欢的那个胖厨娘匆匆离开了别墅，胖厨娘的离开就是因为那个带着吉蒂喜欢味道的包裹。第二件事情是，这个有钱人家的一个小男孩很调皮，尽管全家人都把吉蒂看成是尊贵的名猫，但是这个小男孩却不管这些。那晚他忽然有一个奇怪的举动，他把一个空罐子用绳子拴在吉蒂的尾巴上面，然后挑逗着它玩。这下可惹恼了吉蒂，它毫不客气地伸出自己锋利的爪子划向那个小男孩，并且在他的手上抓出了一道血痕。

　　那个小男孩顿时哇哇大哭起来，这哭声一下子把全家人惊动了。只见这家女主人拿起一本书飞快地向吉蒂扔去，差点儿就打中了它。吉蒂躲避得很快，只见它一闪就飞一般地跳上楼梯，逃到了楼上。

就这样，吉蒂这一天一直躲在楼上不敢出来，傍晚，天空还剩下最后一抹余晖，它才偷偷地从楼上轻轻走下来，然后就靠着窗户看，寻找能逃出去的出口。幸运的是，吉蒂很快发现一个门没有上锁，于是它赶紧从门缝里钻了出去。吉蒂又一次逃出了这个大笼子似的家。

这时已经是八月份了，黑夜越来越长，在这样的夜晚人根本无法看清前面的路，但是对吉蒂来说这并不是一件困难的事，因为猫的眼睛即使在伸手不见五指的夜里也能看清东西。

吉蒂很快穿过院子，一会儿就来到了外面，然后飞快地逃跑了。它讨厌这里的一切，而且它也从没把这里当作自己的家，在它内心深处只有那个胡同里的垃圾场才是自己真正的家。

但是这次逃跑对吉蒂来说并不是一件容易的事，因为它从镇上来这个乡下别墅时是被装在一个笼子里的，并且是坐火车来的，它现在根本不认识路，而这个乡下别墅离吉蒂镇上的家非常遥远。但是吉蒂天生就有一种本能，能一直指引着吉蒂应该去哪个方向。现在的吉蒂正沿着一条路向前走，它感觉只要沿着这条路一直往前走，自己就一定能找到家。

想到这里，吉蒂开始狂奔起来。它跑了大约一个小

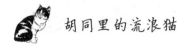

时，来到一条河旁边，只见这条河很长很宽，晚风吹来，那属于码头特有的气息迎面扑来，令吉蒂兴奋不已。

现在吉蒂不知该怎样走了，因为这条大河拦住了它的去路。这条河是南北流向的，直觉告诉吉蒂：顺着河往南走！

吉蒂不再犹豫，就按直觉朝南走去。走了没多远，吉蒂发现在这条河的旁边有一条铁路，并且在铁路的转弯处还有一个栅栏，就在栅栏和铁路之间有一条不显眼的狭窄小路，于是吉蒂就选择了那条狭窄小路向南方奔去。

吉蒂一路狂奔，不知道跑了多长时间，它感觉好累，就想停下来休息一会儿。这时，一阵狗吠声从不远处传来，把吉蒂吓了一跳，它来不及休息就赶紧跑到栅栏里躲了起来。

一条狗吼叫着朝吉蒂追来，但是这条狗不管怎么努力，始终无法钻到栅栏内，吉蒂看到这条狗对自己构不成威胁，紧张的心情才稍稍放松下来，它不敢再多做停留，悄悄绕过这个栅栏又接着向前奔跑起来。

跑了没多久，又一阵叫声传来，这叫声比刚才那条狗的叫声更大。吉蒂转身一看，那不是一条狗，它比狗大得多，全身都是黑的，此时正瞪着似乎要喷火的眼睛从吉蒂的背后追赶过来。这个凶狠的大家伙嘴里还喷着白色的气

体，发着轰轰的吼叫声，就像打雷一般。

这下吉蒂真的吓坏了，它使出全身力气，奋力向前奔跑，连它自己都不知道今天它跑出了以前从未有过的速度。但是这一切都是徒劳，不管吉蒂跑得有多快，那个大家伙还是一会儿就追了上来，并远远地跑在吉蒂的前面，然后消失在夜幕里。吉蒂停下脚步，把身体紧紧地贴在栅栏上。那个庞然大物已经远去，吉蒂终于能喘口气了。

在这个夜晚，吉蒂看见了几只这样的庞然大物发着雷鸣般的声音从自己身边跑了过去。这时吉蒂忽然发现，这些庞然大物并没有自己灵活，它只要安静地躲在栅栏边上不动，这些庞然大物根本发现不了它。

其实这些比狗大好几千倍的庞然大物不是别的，正是火车。吉蒂是坐火车来到乡下别墅的。但是它并不认识火

胡同里的流浪猫

车，不过，现在吉蒂看到这个庞然大物时已经不像刚见到它们时那样害怕了。

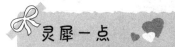

灵犀一点

　　一个人是否快乐，不在于物质是否丰厚，而在于自己是否感到满足，是否发自内心地喜欢周围的一切。

第十一章 旅途历险

吉蒂在回家的路上路过一个跟家乡非常相似的贫民区，它有些留恋，便在那里住了下来。但是，后来发生了一件事促使它决定重新上路，寻找属于自己的故乡。那是件什么事呢？

吉蒂在回家的路上，经过一个贫民生活的区域，很幸运地在这里的一个垃圾堆里找到了一些没有消过毒的食物。这个贫民生活区虽然不是吉蒂的家乡，只是返乡途中的一个驿站，但是这里有吉蒂熟悉的、喜欢的味道，它对这里产生了一些留恋，所以它在这里的一个马棚旁边待了一天的时间。在这一天里，有两只狗和几个孩子曾经发现了吉蒂，便把它围在中间，狠命地向它丢石块，这让它差点儿丢了性命。即使这里和自己的家很像，经历这样的事情后吉蒂再也不想留在这里了。

夜幕降临后，吉蒂的思乡情绪更浓了，回家的想法再次被唤起，它重新踏上了回家的旅程。在这个夜晚，叫声如雷鸣般的庞然大物仍然不时从吉蒂身边匆匆穿过，但是吉蒂对它们已经没有了畏惧。当东方的天空露出了鱼肚白时，吉蒂已经来到了另一个街区，在这个街区里它幸运地捉到了一只小老鼠，饱餐了一顿后又继续上路，它只想尽快地回到自己的家。

在回家途中，有好几次吉蒂都被路上的岔路口误导，幸好吉蒂具有一种本能，每次都能及时地纠正错误，然后走到正确的道路上。吉蒂一直向南走着，每到早晨，吉蒂就会停下脚步，然后找个洞或者仓库钻进去，以便躲避凶恶的狗和那些调皮的孩子，它选择只在夜里继续自己的行程。

不知不觉七天时间过去了，吉蒂一直向南方行进，因为它认定那个方向就是自己家的方向。这天走了没多长时间，吉蒂又遇到了一条大河，但是这条河是东西流向，吉蒂意识到只有通过这条河才能继续向南走。

在这条河上有一座桥，桥上总有那些庞然大物不时地来回穿梭，虽然吉蒂对这些东西不再害怕，但是每当那些东西从它身边呼啸而过时，它还是本能地躲在一边。此时

吉蒂也看明白了，如果它走上那座桥的话，当那些庞然大物跑出来的时候，自己就没有地方藏身了。因为那是一座铁路桥。

不管什么样的困难都无法阻挡吉蒂回家的脚步。当庞然大物还没有跑过来的时候，吉蒂瞅准机会飞快地跑到桥上。但是它只跑到一半的路程时，那种雷鸣般的轰响再次从远处传来，于是吉蒂用尽全身的力气飞跑着，它想在这个庞然大物追上自己之前就跑过这座桥。但是事与愿违，就在这个庞然大物靠近它的时候，吉蒂纵身一跳，在黑夜里只听扑通一声，吉蒂掉进了那条大河里。

好在八月天还不是很冷，所以河水不是很凉，掉到河里的吉蒂很快就从水面上露出了头，然后它用爪子拼命地

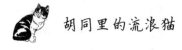

划水。呛到水的吉蒂一边喘着粗气，一边不停地咳嗽。同时吉蒂还警惕地观察着四周，想看看那些庞然大物有没有跟着自己追到这条河里。直到它确定在这条河里没有别的东西的影子时，它才放心地游向岸边。

吉蒂对现在的自己相当佩服，因为在这之前它从没有在河里游过泳，但是今天它竟能游得非常自如。

很快吉蒂就游到了岸边，它爬上岸，浑身的水顺着毛滴在地上，然后它又穿过一个煤炭洞和一个土堆。现在它满身泥巴，浑身脏兮兮的，之前身上的那种贵族气质早已荡然无存了。此时，吉蒂的心情却是前所未有的舒畅，对它来说就好像是在炎热的夏季里冲了一个凉水澡。

此后三天内，吉蒂在一个码头上遇到了多种多样的危险和复杂的情况。有一次，吉蒂在一个港口爬进了一艘船，但是那艘船把吉蒂带到了它不熟悉的另一个码头，幸好吉蒂马上发现自己的方向错了，于是急中生智，偷偷地上了另一只船，再次回到了原来的那个码头。

这次经历让吉蒂更加确定了自己家乡的方向，于是前行的脚步再次加快，而这时它已经不会迷路了。现在，不论吉蒂走到什么地方，遇见多么凶恶的狗，它都不再惧怕，而是巧妙地躲开，即使无法躲避，它也能马上想到应对的办法。

吉蒂朝着家乡的方向奔跑着，虽然很累，但是内心的兴奋和幸福感越来越强烈。它好像已经看到了自己的家，想象着自己就蜷缩在院子里晒着太阳，晚上躺在旧盒子里——那个它出生的地方。吉蒂并不知道它的那个小窝——那个旧盒子早已被黑男人拿走了。就这样边想边走，用自己快到不能再快的脚步奔跑着。

近了，近了，吉蒂的家乡就在眼前，远处的建筑物是吉蒂所熟悉的，此时它知道只要再转个弯就能回到自己朝思暮想的小家了。吉蒂的心里很不平静，它似乎能听到自己的心正在扑通扑通跳动着，也体会到"近乡情更怯"的那种心情了。

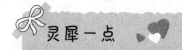

灵犀一点

信念是支撑一个人坚持下去的力量，只要心中有坚定的信念，无论遇到多大的困难，都会勇往直前，朝着自己的目标前进。

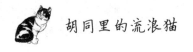

第十二章　痛失家园

　　吉蒂终于回到了自己的家乡，这里的一切会有变化吗？吉蒂会开心吗？

　　经过漫长的旅行，吉蒂终于回到了自己的家，但是它被眼前的一切惊呆了！它站在熟悉的地方，但是它留恋的家不见了。以前生活的那个院子此时不见了踪影，吉蒂根本无法相信自己的眼睛，难道是记错了地方，走错了方向？为什么原来生活的那个院落、那个大大的垃圾堆都不见了，而在面前的只是一片荒野，地上堆满了石头和木材？

　　吉蒂不知道自己该做什么了，只是在那里走来走去，仔细看着周围的一切，它知道自己没有走错方向，没有认错地方，这就是自己原来生活的那个地方，原来这里是有一个宠物店，而且还有一个垃圾场，可是现在这里什么都没有了，除了满地的石子和堆放的木材。这里到底发生了什么？最让它不能接受的是原来胡同里散发的那种自己喜欢的气味也消失了。

为了回到自己的家，吉蒂经历了千辛万苦，甚至可以说是冒着生命危险，但是当它站在家的面前，一切却是面目全非。想到这里，吉蒂异常痛苦，此时它只能在这个地方来回走着，它想找点儿安慰，但是它很失望，这里连一点点食物也找不到。

因为这里的人们要在那条河上建一座桥，所以他们把这条河周围的建筑都拆掉了，然后进行改建。但是吉蒂根本不知道这里到底发生了什么。

又一个夜晚过去了，当太阳再次出现在东方的时候，吉蒂又来到了这附近，它想在这里找一个能安身的地方。这时，吉蒂看到附近有一座大楼还是原来的样子，仍旧矗立在这个杂乱的地方，没有多想，吉蒂就走进了那座楼里，它在那里找了个地方躲起来。它想起以前的日子，那么多的野猫聚在这里，它们也和自己一样每天都会在垃圾堆里找食物，但是现在这一切都不存在了。

无处可去时，吉蒂想到那户有钱的人家，因为第一次从那户人家逃出后，它就跑回了那个宠物店的后院，所以

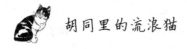

它对这条路很熟悉。这天它来到了有钱人家的门前，但是看到的是大门紧闭，连一点儿缝隙都没有，找了好久也没能钻进去。作为一只猫，吉蒂是无法理解这一切的，因为那户人家正在乡下的别墅里度假，他们根本就不在家。这一天吉蒂就在那户人家的房子周围走来走去，很久都没有离去。

一直到了第二天吉蒂依然没有别的地方可去，它只能再次回到家乡的那条胡同里。

转眼间秋天来了，这个九月眼看着也要过去了。在这一段时间里，吉蒂看到很多野猫一个个死去，有的是因为找不到食物而活活饿死，有的是因为体质太差、多病，没有能力逃脱狗和淘气孩子的追打而被咬死或者打死。但是吉蒂很幸运，因为它身体健壮，并且总能想出办法找到食物，所以它活了下来。

白天，吉蒂就在家附近待着，每天它总能看到有很多的人带着厚厚的帽子在这个工地上忙忙碌碌。一到晚上，它就偷偷地回到那个工地，在那里它看到了一些新的变化。

十月份来临的时候，一座高高的大楼已经在这里建好了。一天早上，吉蒂看见一个人从这座大楼里走了出来，他身穿蓝色衣服，是个黑男人，此时这个黑男人正在把一个装满东西的大水桶放到楼外面，放下后，他转身就又走进那座大楼。

此时，吉蒂的肚子咕咕叫着，当它看到黑男人丢掉的那个大水桶时很兴奋，于是飞快跑过去，当它走近才发现，那其实不是一个专门装垃圾的水桶，而是一个装抹布的桶，那个桶里装的都是废旧的抹布。吉蒂内心很失望，因为没有食物可吃，它就只能饿着，但是水桶里有吉蒂熟悉和喜欢的气味，于是吉蒂在那里陶醉地闻着。

就在吉蒂陶醉于这种气味的时候，那个黑男人又从大楼里走了出来。他身上穿着电梯管理员的制服。当看到走出来的黑男人时，吉蒂吃了一惊，立即转身朝相反的方向跑去。

这时黑男人也发现了逃跑的吉蒂，他盯着吉蒂的踪影看了很久，然后就大喊："天哪，吉蒂，是你吗？真的是你吗？哦，不对，应该是路易·阿娜罗斯丹，你怎么回来了？"一会儿，黑男人好像明白了，接着喊道："出来吧，我知道你一定是饿了，到我这里来吧，过来吧，不要怕！"

吉蒂饿得已经快不行了，它已经很长时间没有吃到真正的食物了。这时那个黑男人迅速转身走进大楼里，等他再出来的时候，他的手里多了一个饭盒。只见黑男人把饭盒里的肉拿了出来，放在大楼门口的一侧，就又转身走了

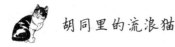

进去。

躲在一边的吉蒂看着这一切，等那个黑男人走进大楼时，它便小心地向门口走去。虽然吉蒂对黑男人并没有好感，但是那些肉对吉蒂相当有诱惑力。此时的吉蒂可不管那么多了，因为它实在是太饿了，所以它几步就跑到了那个大门口，迅速把肉吞了下去，然后转身逃走。这次的食物对吉蒂来说真的是它逃出来后第一次吃到的美味，而且那个肉的香味一直让吉蒂回味。从此以后，每当吉蒂饥饿难耐的时候，它就会跑到那座大楼的门口，一旦看到吉蒂出现，那个黑男人总会拿出食物来款待它。渐渐地，吉蒂感觉那个黑男人也许没有自己想象的那么坏，甚至对他产生了好感。

其实那个黑男人吉蒂认识，虽然它无法像人一样叫出他的名字，但是它知道他就是原来宠物店里的那个伙计。在这之前，吉蒂总是把黑男人当坏蛋看，但是现在的那个黑男人成了吉蒂唯一的人类朋友。

吉蒂这一周每天都会去那座大楼，在这七天里，它总会得到肉吃，这当然是黑男人给它的。在这七天的最后一天，吉蒂吃的肉旁边还躺着一只肥胖的死老鼠，吉蒂现在能捉到老鼠了，但是像这样肥胖的老鼠它还是第一次看到。它并没有马上把老鼠吃掉，而是放在一边，因为吉蒂

想等自己饿的时候再享用。

　　衔着老鼠的吉蒂在新建的大楼前面的街道上跑着，正当它想穿过那条街道时，一条狗从那边走了过来，于是吉蒂赶紧退向大楼门口，也就在这时，从大楼里走出了一个男人，他穿着很讲究。看见那个男人走出来，黑男人连忙把门打开，于是两人都看到了吉蒂嘴里衔着老鼠的样子。

　　这时，只听那个男人对黑男人说："嘿，这只猫真不错，它竟然能捉到老鼠！"

　　黑男人见状，马上回应："是啊，这只猫就是我们以前养的那只，这可是一只会捉老鼠的名猫啊！您看这附近的老鼠越来越少了，就是因为这只猫的缘故。您看，这家伙因为捉老鼠都累瘦了。"

　　听到黑男人的话，那个看上去很绅士的男人带着怜惜的口吻说:"是吗?那么你以后要好好照看它啊,不要老让它这么饿着肚子,我想你是可以养好一只猫的!"

黑男人看着那个男人的脸色,马上回答道:"我倒是有一个办法,您知道那个卖肉的手推车时常来我们这儿,有时也会在这附近转悠,只要每周花二十五美分,这只小猫就能吃到肉了,它就不至于挨饿了。"

其实黑男人并没有向那个男人说真话,吉蒂的食物每周只要十美分就足够了,他想从中挣十五美分。

"哦,是吗?那好,以后这只小猫的肉钱就由我负责!我来养这只可爱、能干的小猫!"那个男人没有多想就决定这样做了。

从此,吉蒂每天都能从卖肉的手推车那里领到一份属于自己的肉了,它现在是光明正大地领肉吃,不用再偷偷摸摸的,它有说不出的高兴。

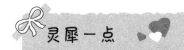

灵犀一点

没有永远的朋友,也没有永远的敌人。黑男人成了吉蒂唯一的人类朋友,给它肉吃,养着它。

第十三章　幸福重现

重新变成野猫的吉蒂过着幸福的生活。

"新鲜的肉来了，快来买啊！新鲜的肉呀……"

一个男人推着卖肉的手推车从远处走来，他依然是矮矮的个子，一声声叫卖吸引来了很多猫，吉蒂不知道这些猫都是从哪里来的，它们似乎一起从四面八方奔向了这个卖肉的手推车。卖肉的男人还和原来一样，在他的手推车里有很多动物肝脏。

再看聚在手推车四周颜色各异的猫，白色的、黑色的、黄色的、灰色的，还有带着漂亮花纹的猫，它们都有着同样的表情——兴奋，它们一起开心地凑向这个卖肉的男人。同样，卖肉的男人对这里的每一只猫都记得很清楚，给每只猫多少肉，在他的脑子里都有一本账：这只猫

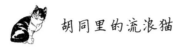

的主人这周交钱少点儿，那么肉也就少点儿；那只猫的主人本周钱给得多，肉也就多给点儿，这些永远难不倒卖肉的男人，他总是非常熟练地给那些猫分肉吃。

之后，卖肉的男人推着自己的小推车继续往前走，他来到这栋新建大楼的拐弯处，这里是大楼新建的一个停车场。

来到这个地方，卖肉的男人停了下来，然后他拿起一根木棍驱赶着一直跟在后面的猫，嘴里还不停地喊着："走开，走开！快点儿给我让开路，你们这些没用的家伙，滚远些！"

卖肉的男人之所以这样做，主要是为了给一只灰色的猫让开路，那只灰猫长着雪白的鼻子、尾巴，就连耳朵也是雪白的，不错，这只猫正是吉蒂！

卖肉的男人给了吉蒂一块很大的肉，这块肉比其他猫得到的肉都要大，其实原因也很简单，因为黑男人把给吉蒂买肉的二十五美分付了十美分给卖肉的男人，所以这个男人才会对吉蒂如此大方。吉蒂真是做梦也没有想到现在它能享受到这样的生活。

其实这段时间里吉蒂还有一件大事值得庆贺——它终于能捕捉到麻雀了！这可是吉蒂一直以来的梦想。小时候的吉蒂每次捕捉麻雀总是以失败告终，但是现在它的梦想终于实现了，它竟然一下捉到了两只麻雀。

那天，有两只麻雀发生了争执，它们扭打在一起，滚到路旁的一个水沟里，于是吉蒂瞅准机会一下子扑了过去，两只麻雀就这样成了它的囊中之物。

自从黑男人给吉蒂花钱买肉后，吉蒂就不再去逮老鼠了。令人啼笑皆非的是，吉蒂不逮老鼠了，这个任务却落在了黑男人的身上，因为黑男人要向他的主人展示吉蒂是一只能干的猫，更重要的是，黑男人担心一旦主人知道这只猫不再捉老鼠的话，会停止支付给猫买肉的钱，那么黑男人每周十五美分的收入也就成了泡影。

吉蒂的生活越来越好，但这也确实苦了那个黑男人。当黑男人逮到老鼠后，就会把老鼠放在大楼的大厅门口，一旦看到自己的主人走过来，他就马上跑过去，当着主人的面夸吉蒂："老板，你快看，这只老鼠就是这只猫捉的，而这只猫就是具有王室血统的名贵的猫！"

这时，黑男人的主人总是满意地点点头，看到主人的表情，黑男人就明白自己不久后又会得到那梦寐以求的十五美分了。

之后，在吉蒂身上也发生了很多的事情，其中之一就是吉蒂又生了好几窝小猫咪，黑男人认为这些小猫咪的爸爸应该就是那只常来这里的大黄猫，事实证明他的猜测是

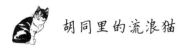

正确的。

吉蒂还给黑男人带来一些福利，之后黑男人又把它卖了很多次，因为黑男人心里清楚，过不了几天吉蒂就会跑回这里来，这招也让他赚了很多钱。不过好在他仍然会给吉蒂买肉吃，他这样做并不是出于好心，而是想让吉蒂仍旧跟着他，顺从他，然后他再把它转卖给更多的人。

现在的吉蒂又变回以前那个漂亮的样子了，浑身的毛发闪着光，现在它又是一只具有无限魅力的母猫了。虽然它也挤在众多的猫中等待领肉，但是它非常显眼，可以说现在的吉蒂就像猫群女王。

虽然吉蒂那个路易·阿娜罗斯丹的名字和宠物店老板当时造假做出的那个高贵血统的证书已经被人接受，而且它在那次名猫展览会上得到了最高的奖赏，但是它依然无法改变自己的习惯。每到傍晚它都会偷偷地溜出大楼，造访自己以前生活过的一些地方，因为这是它喜欢的家乡，它一直无法忘却。

吉蒂经历了很多事情，但无论岁月如何变迁，它的生活方式依旧没有改变，它仍然喜欢有点儿脏脏的胡同，喜欢贫民区里的气息。也许在吉蒂的骨子里它就应该这样生活，谁也无法改变。

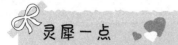

灵犀一点

　　儿不嫌母丑，狗不嫌家贫。无论是人类还是动物，都有恋家、怀旧的心理。因为人类和动物都需要一个温馨的生活港湾。

灰熊卡普

第一章　无私母爱

在美丽的立陶尔帕伊尼河的上游，生活着一窝幸福的灰熊，在一个平常的下午，它们却意外遭到一头公牛的攻击。

1880 年，一只叫卡普的灰熊出生在美洲西部立陶尔帕伊尼河的上游。

在立陶尔帕伊尼河附近有一个牧场，牧场的主人是帕雷特上校，所以，这个牧场人们一直称为帕雷特牧场。我曾有过一段生活在这个牧场的经历，今天要与大家分享的是有关灰熊卡普的故事，其实这个故事是我在那里生活的一段记忆。

卡普有一个平凡的不能再平凡的妈妈，它妈妈喜欢宁静的生活。卡普的妈妈在七月的时候生下了四只小熊，母熊一心想着能早点儿把自己的孩子送到古勒布尔河去，因为熊也有迁徙的习性，并且它们是根据季节来进行迁徙的。不管怎样，这些熊好像总是能发现觅食的好地方。

　　经过一段时间的准备，母熊最终如愿以偿地把自己的孩子都带到了古勒布尔河，在那里，它教会了孩子们认识了草莓，同时它还教会了孩子们认识其他的东西和一些生活方面的常识。

　　母熊希望自己的孩子将来都能独立生活，并且能成为种群中优秀的熊。当时这些小熊都非常小，母熊教给它们这些东西的时候，人们都感觉这是不靠谱的事。这些小家伙被柔软暖和的毛皮包裹着，还有强壮的妈妈守护在身边，它们每天都生活得非常快乐。

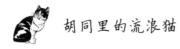

　　夏天，山上有很多可以吃的东西。母熊带着孩子们在山上走，当它看到石块或木块时，就会把这些东西举起来，然后小熊们便你推我挤地钻到石块或者木块的底下，原来那里藏着很多的蚂蚁和蛴螬虫，小熊们看到这些东西就贪婪地在那里用舌头舔着。但是这些小熊从来也没想过，妈妈举着重重的木块或者石块会不会很累，手中的东西会不会掉下来，一旦这样的事情发生，这些石块或木块砸在自己身上会是什么样的后果。小熊们只看到了食物，单纯的它们从没想过其他事情。这些可爱的小熊一边嗷嗷叫着，一边抢着吃美食，它们钻到石块或木块底下的样子看起来就像可爱的小猪、小狗或者小猫一类的动物，让我喜欢得不得了。

　　过了一会儿，母熊又带着自己的孩子来到了一个大蚂蚁包前。这下，小熊们更加欢快了，它们到处追赶着从蚂蚁包里跑出来的蚂蚁，但是蚂蚁太小了，它们吃到的小石子、沙子甚至仙人掌上的刺都比吃到的蚂蚁多。于是，母熊就教给孩子们一个方法，那就是在蚂蚁包的上方踩踏，让蚂蚁顺着它们的脚爬上来，这样它们就可以直接从自己的腿上把蚂蚁舔进嘴里，也不会吃到沙子、石子或者仙人掌的刺了。

　　小熊们认真地照着妈妈的样子做。四只可爱的小熊把蚂蚁包给包围了起来，它们蹲在包的四个方向，然后把自己的两只脚像妈妈一样伸进蚂蚁包里，很多蚂蚁就爬上了它们的脚。这样的动作看上去就好像是我们的孩子在做什么好玩的游戏一样。

看着爬到自己脚上的蚂蚁，小熊们不再争抢，而是安静地舔着各自脚上的蚂蚁，有的小熊偶尔也会把身边小熊手臂上的蚂蚁舔进自己的嘴里，一场小熊之间的战争也就在所难免了。

蚂蚁这种东西吃多了是会口渴的。所以吃过蚂蚁之后，母熊就会带着自己的孩子来到河边，让它们喝水。

就在它们喝水的小水坑里，母熊竟然发现了很多鱼，于是母熊用它们自己才能听得懂的话对孩子们说："好了，孩子们，现在你们都坐到岸上去，我来教你们学习一种新的技能。"

于是，小熊们乖乖地坐到了岸边，然后母熊走到水坑边上，把坑里的泥搅动起来，很快泥水就变得黑黑的，就像黑云一样布满了水坑，接着母熊慢慢地离开那个水坑，来到了水坑的上边，然后就听到咔嗒一声响，好像有什么东西直接被丢进了水里。

在这个小小的水坑里聚集了很多鱼，听到这样的响声，鱼儿也是慌作一团，它们都逃进了泥水里躲起来。可

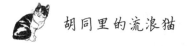

是也有几条鱼另寻出路，它们不是逃向泥水，而是穿过泥水，向对面那清澈的河水游去，慌慌张张的样子使它们看起来就像是一个个冒失鬼。

此时的母熊正在这里等候着呢！看到这几条游来的小鱼，母熊一会儿就把它们抓住了，然后扔到岸上。看到妈妈捕捉到新的食物，这四只小熊立即又扑了上来，继续享受妈妈带给它们的美味。

刚开始看到岸边脱离水的鱼在那里跳着，小熊们并不知道这种动物叫鱼，它们还以为这些东西是不会跑只会跳的小短蛇呢。吃了这几条鱼，它们的肚子就变得鼓鼓的，看上去就像气球一样圆圆的，再也吃不下其他东西了。

吃饱了，小熊们就开始打盹了，于是母熊又带着孩子们去寻找睡觉的地方，它们需要背阴、安静之处，如果阳光过于强烈，小熊们就会热得直喘粗气而无法好好休息。

找到一个好地方后，母熊就躺了下来，而这些小熊们则像经受不住寒冷一样，一个个都把自己的脑袋躲在妈妈的身体下面，然后就呼呼大睡起来。

在母熊的四个孩子中有一个长得个头大大的，看上去也是四只小熊中比较健壮的一只。母熊和其他三个熊宝宝都在睡觉的时候，它正抱着一个树根独自在那里玩耍，这就是我后面要着重介绍的灰熊卡普。

甜美的午觉结束了，小熊们一睁开眼睛就抱在一起，玩得可开心了。其中有两只小熊扭在一起，像一个大大的球，从一个山坡上滚了下去。突然它们大声尖叫起来。

听到孩子这样的叫声，母熊一下子就明白了，一定是孩子发生了危险，于是它一跃而起，用自己最快的速度越过山坡，正好看到一头公牛准备袭击那两只小熊。

没有片刻停留，母熊大叫一声，就向那头公牛扑去，就连那头公牛也被这声音吓了一跳。母熊一下子就骑到了公牛的背上，然后用自己尖尖的趾甲抓着公牛的背，也许是用力过猛，牛背上的一块皮都被它抓破了。

公牛愤怒了，它不断发出哞哞的狂吼声，也不管自己背上的那只母熊，一路狂奔而去。母熊迅速从牛背上跳了下来，因为它很清楚这样的速度对它来说意味着什么，虽然能紧紧抱着公牛，但这对它来说是最不理智的做法，于是它唯一的选择就是从牛背上跳下来。

那头牛一骨碌就从斜坡上滚了下来，吼叫着冲进了牛群。

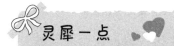

灵犀一点

母爱是无私的，母熊尽自己所能给孩子寻找食物，教给它们生存的技巧；母爱是伟大的，为了自己的孩子，母熊能奋不顾身同一切威胁到它们安全的敌人搏斗。

第二章　独自生活

帕雷特上校看到自己的牛受伤了，一怒之下，开枪射向灰熊一家。

这群牛是在帕雷特牧场放养的，帕雷特上校也因为这些牛名声大振。现在，上校正骑着马巡视着这群牛，同时还在思考应该给自己刚刚建立的邮局取一个什么样的名字。

他骑着马，经过姆卢库山的山脚，然后向着古勒布尔河的方向走去。就在这时，他听到了公牛之间发生争斗时才会有的惨叫声。刚开始他并没有多想，只是继续骑着马向前走去。但是当他绕过一个悬崖的转弯处时，他看到了自己的牛群。原来是一头公牛在号叫，那头公牛全身都是鲜血，路过的草地留下一道血迹。

　　上校立刻就明白了发生了什么，他不由自主地嘀咕：
"这一定是灰熊干的好事！"他对这片山里所能发生的事情
了如指掌，于是立即策马向牛群奔去。

　　很快，上校沿着公牛的血迹找到了灰熊的踪迹。

　　当上校走到血迹的尽头——那个山坡上的时候，他看
到了灰熊母子四个，他毫不犹豫地从腰里拔出枪对准那群
毫无防备的灰熊。

　　就在这时，母熊看到了拿着枪的上校，几乎是本能地
对着自己的孩子发出警告的叫声，然后带头跑向森林。小
熊们看到妈妈慌乱的神情和快速的奔跑，也意识到情况危
急，于是跟在妈妈身后奋力地奔跑着。

　　上校扣动扳机，一连射出了好几枚子弹，上校的枪法
太精准了，母熊和小熊们都被子弹射中。其中一只小熊在

枪响之后就立即倒下了，一动不动。母熊顿时感到一阵阵剧痛在折磨着自己，当它看到自己的孩子一个个倒下去时，它暴怒了，大吼着转身向着上校的方向疯狂扑去。

又一次枪声响起，这次母熊再也没有力量奔跑了，它躺在地上一动也不能动，身下是一摊血，母熊就这样离开了自己的孩子——它死了。

其他三只小熊看到倒下的母熊和另一只小熊，都不知道该怎么办了。它们毫无意识地向着妈妈躺下的地方走去，这时，冷酷的啪啪声再次响起，那只淘气的小熊和卷着毛的小熊发出痛苦的呻吟后就倒在了妈妈身边。它们和妈妈一样离开了这个世界，死在了上校的枪下。

此时的卡普太恐惧了，它还不明白到底发生了什么事情，就看见自己的兄弟和妈妈倒在地上再也爬不起来了，它也不知道该怎样做。它在妈妈和那三只小熊的身旁走来走去，突然好像明白了什么，急忙转身向着森林深处跑去。

卡普刚跑到森林边上，枪声再次在它身后响起，一阵剧痛从卡普的后腿上传来。卡普心里明白，此时一定不能停下，于是它忍着剧痛跑进了森林。

在这次交战中，上校无疑是最大的赢家，他很开心自己打死了四只熊，于是灵感来了，他决定给自己新建的邮局取名为"四只熊"。

就在那天夜里，森林里有一只小熊拖着一条受伤的后腿，一边悲伤地呼喊着妈妈，一边忍着身体的巨痛，它就是卡普。它每走一步就会在地上印下一个血迹，在精神和身体的双重痛苦折磨下，卡普迷茫了。

不知道过了多长时间，卡普感到自己的肚子饿了，而且夜里的寒气也逼近了自己。它似乎没有可以去的地方，于是浑身颤抖着在森林里踱来踱去，不停地打着响鼻。

过了一会儿，敏感的卡普忽然闻到一种气味，这种气味不是从同类那里发出来的，同时它也听到了有脚步声朝这边传来。卡普不知道自己该怎么做，它担心自己再次遭到袭击，于是迅速爬到了一棵树上。

卡普在树上看到几只动物向这边走来，这些动物的腿长得很长，脖子也长得很长。其实在这之前卡普也见过这样的动物，那时自己还和妈妈在一起，所以当时看到这些动物的时候并没有害怕。但是现在只有自己一个，它紧张得不行了，大气也不敢出。其实这些动物是鹿，这些鹿一走到卡普所在的那棵树下，就吓得马上离开了这里。

直到第二天早上卡普才从树上下来，走出森林，回到古勒布尔河。它没有别的用意，只是想回到自己和妈妈、兄弟曾经生活过的地方，那也是它们一家生离死别的地方。

　　一会儿，卡普就来到了帕伊尼河边，到那里之后它做的第一件事就是把自己受伤的那只后腿浸在河水里，河水像冰一样凉。然后它来到了古勒布尔河边，看到昨天和兄弟一起吃鱼的地方还有几条鱼躺在那里，那是它们还没来得及吃的食物。饥饿难耐的卡普就把剩下的鱼一口气全吃掉了，吃得肚子饱饱的。

　　拖着疼痛的后腿，卡普继续向前走，直到走到昨天全家玩耍的那个土坡。就在这时，又一阵气味从远处传来，卡普顿时感到一阵紧张和不安，内心的恐惧让它警惕起来，它小心地向对面望去。

　　卡普看到昨天妈妈和兄弟倒下的地方不知道什么时候聚集了一群狼，它们在那里一直不停地撕扯着什么，卡普不知道这些狼在做什么，它仔细瞅了半天，却发现妈妈和兄弟的尸体都没有了踪影，只有一阵阵难闻的气味伴着风传到它的鼻子里。

　　卡普小心地走着，它不敢惊动那群狼，只好重新返回森林。从此以后，卡普再也没有出去寻找过自己的亲人，也许它心里已经清楚地知道，它的家庭成员如今只剩下自己了。

　　卡普始终没有忘记自己的妈妈和兄弟，它对它们有着

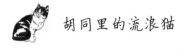

无限的思念，但是它知道无论怎样寻找都是徒劳的，只能把这种思念埋藏在心里。

寒冷的夜晚再次降临，卡普更加思念妈妈，于是它像昨晚一样，忍着剧痛来回走着，依旧不由自主地打着响鼻。

卡普肚子又饿了，伤口还是很疼，它多想找一个温暖的地方闭一会儿眼睛。但是现在到哪里去寻找这样一个让它感到温暖又安全的地方呢？此时的卡普似乎只有这样走来走去才能减轻自己的思念，减轻自己的痛苦。

卡普漫无目的地来回走着，忽然发现了一个木桩，这个木桩是空心的，它便试探着钻了进去，又累又饿的卡普不一会儿就睡着了。在这个夜晚，卡普梦见自己的妈妈用它那大大的、柔软的双手轻拍着自己，还含笑看着自己，梦中的卡普幸福地笑了，然后又继续沉沉地睡去。

卡普对自己发现的这个住处很满意，从第二天开始，它就白天偷偷地去寻找食物，一到晚上就钻进这个空心的木桩舒心地休息。

白天，卡普之所以要偷偷地出去寻食，是因为自己的腿伤还没有好，它不能让任何动物发现自己的踪迹，否则一旦遇见敌人，它是无法抵挡的。

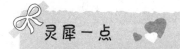

灵犀一点

　　不管是人还是动物，都会有自己独立生活的那一天，刚开始独立生活时一定会遇到很多坎坷。但这些磨难也是一笔财富，让人逐渐走向自立、坚强。

第三章　多次历险

　　失去了妈妈的庇护，小灰熊卡普遇到了很多危险情况，它是如何安全度过这些日子的呢？

　　从小卡普在自己的家庭里性格就比较内向，不善言谈，如今经历了这样的变化，它变得比以前更加忧郁了，它每天都阴沉着脸，一副郁郁寡欢的神情。

　　虽然卡普找到了一个木桩小窝，不用每天担惊受怕地过日子，但是这样的日子毕竟不能长久地持续下去。

　　一天夜里，卡普再次回到自己的小窝，但是还没等它钻进去，它就看到家里来了一个不速之客，这个动物与卡普个头差不多大，身上长满了尖尖的刺，原来这是一头豪猪。

　　看到那个满身是刺的动物，卡普意识到自己也许不是

它的对手，若是和它干一仗，不一定能打过它。犹豫再三，卡普决定放弃这个居所，没有办法，没把握赢它，自己就只好离开这里。这个晚上，卡普不得不重新寻找自己的住处。

有一天，卡普去一个妈妈曾经说过的地方挖草根吃，它刚挖了一会儿，突然一只灰色的家伙从里面跳了出来。也许是卡普打扰了它的生活，这只动物凶狠地扑向卡普。这是一只獾，它的体形和卡普差不多大，獾可不是一种善良的动物，它可不是好惹的，受到惊吓的卡普只能拖着自己的伤腿狼狈地逃走。

也不知道跑了多远，卡普发现自己来到了一个溪谷边，在这个过程中，它一次也没敢停下做片刻的歇息。但是跑进溪谷，迎接卡普的却是一群狼，其中有一头狼嗥叫

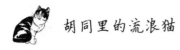

着，好像唆使自己的同伴要给卡普一点儿颜色瞧瞧。惊魂未定的卡普慌忙爬上了旁边的一棵树。

现在对卡普来说，任何动物都是它的敌人，因为无论走到哪里，它都没有遇见过一个朋友，迎接它的都是敌人。这时，卡普又想起自己的妈妈，如果妈妈还活着的话，它一定能教给自己很多生存技巧，就算是自己受了伤，染上什么疾病，妈妈也一定有办法给它治疗。但是现在，卡普只能孤零零地自己面对，一旦遇见什么意外事情或是危险，也只能自己想办法解决。

在独立生活的日子里，卡普一次次经受着病痛的折磨，每一次都是生死考验。好在卡普生来体质还不错，每次病魔来袭，它总能硬撑过去，使自己坚强地活下来。

森林里许多地方都结了果实。一天，卡普吃完被大风刮落下来的果实后，看到一只大黑熊向这边走来。

卡普立即提高了警惕，迅速爬上了一棵树躲藏起来。但是，这只黑熊也会爬树，它也爬上这棵树追了过来，"啪!"重重的一声响，大黑熊就把卡普摇落到了地上。还没等完全落到地上，卡普已被吓得半死，掉在地上的它大叫着赶紧逃走了。所幸黑熊没有再追上来，也许是因为黑熊和灰熊都是熊的缘故吧，黑熊才没有伤害卡普。

经过这么一次惊吓，卡普认为这个森林自己再也无法待下去了，于是它向河边逃去，谁知逃到那里以后，卡普发现那里已经没有草莓，也没有蚂蚁和鱼。

卡普拖着满是伤痛的身体在河边徘徊，它的心情也低落到了极点。

就在这时，一只狼朝这边跑来，卡普不敢多做停留，转身就跑，不幸的是，那只狼一会儿就追上了卡普。卡普感觉自己已经没有了退路，急忙转过身，面对那只狼。那只狼没有想到小熊会有这样的举动，一时也害怕了，大叫一声转头跑远了。从此以后，卡普学会了一条生存规则：要想安定地生活下去，要想获得和平，那就必须用战斗去争取。

看着跑远的狼，卡普又在这个地方来回找着，它想在这里找到一点儿吃的东西，但是这里很少有能吃的东西，卡普没有办法，只能再次向那片森林走去。

刚到森林，卡普就看见了一个人，这个人它很熟悉，一看到他，卡普内心的痛苦就又涌上心头。啪的一声枪响，树叶连着树枝掉落了下来，掉在了卡普的身上。

卡普的眼前又浮现出当时妈妈和兄弟被射杀的惨状，于是它用尽全力奔跑着，再次奔跑到了溪谷边。这时一头母牛也跑了过来，它看到卡普后就直接冲向卡普。卡普看准一棵树，迅速爬到树的顶端，就在这时，树上的一只山猫看到卡普爬上来，感觉到自己的领地被侵犯了，于是嗥叫着，好像在警告卡普："下去！下去！最好离我远点儿！"

卡普并不知道这个东西到底是什么，于是一骨碌滚下大树，回到地面上。这时，卡普看到一个满是岩石的陡坡，它迅速登上那个陡坡，滚到了另一片森林里。

生活在这个森林里的松鼠开始喧闹起来，因为树上的很多果实都被熊吃了，所以它们吵嚷着。对于这样的吵闹，卡普很担心，它担心这样的声音会把敌人引过来。于是它穿过森林，来到一个远离森林的地方。这里生活着很多大角鹿，而且岩石很多，也没有可以吃的东西，无处可去的卡普在这个地方慢慢适应了，它能在这里安静地休息，别的地方敌人实在太多。

自从妈妈离去后卡普独自生活的这段时间，时常被其他动物欺负，所以它性情大变，越来越孤僻。尽管这样，森林里的动物们好像从来没有停止过对卡普的欺负，卡普也从没有机会安静地待一段时间。欺负卡普的不仅有动物，还有可怕的人类，人会射杀它，卡普迷惑了，它不明白这到底是为什么。

不可否认，正是这些欺负它的动物让卡普锻炼出一身躲避危险的技巧。在卡普成长的过程中，它也应该感谢这些动物，因为从它们身上卡普学会了很多东西，例如它会用自己敏感的鼻子去寻找那些松鼠们采集到的果实，这样自己就不会经常挨饿了。

松鼠采集到的果实大多是要储存起来用来过冬的，但是现在被卡普找到了，于是它们之间常常会因此开始争吵。每当卡普找到这种梦寐以求的食物后，都会非常兴奋，于是它把松鼠准备过冬的果子全吞到自己的肚子里，这让它有一种报复的快感。

一天夜里，卡普独自来到河边散步。这时，一种好闻的味道从远处飘了过来。顺着这种味道慢慢找去，卡普发现这种味道源于沉到河底的一个木桩。卡普伸出自己的一只前脚，想把那个木桩给捞起来，但是只听咔嚓一声，卡普被一个铁圈牢牢地套住了，原来这是捕捉海狸的圈套，没想到卡普却掉进了这样一个陷阱。

受到铁圈的夹击，卡普大声叫着，然后一用力就把铁链拴着的那一头的木桩给拽了起来。卡普来回摇着前脚，它想把这个铁夹子给甩掉。但是不论卡普怎么用力，这个东西都一直牢牢地夹在它的脚上。没有办法，它只能拖着这个铁圈从河里跑了出来。

跑了一会儿，卡普停了下来，它用牙齿去咬这个铁家伙，可是这东西相当牢固，无论卡普如何努力，用什么办法，它就是纹丝不动地紧紧卡着自己的脚。卡普仍在做着各种尝试，用牙咬，用爪子拽，用力往地上摔打，却都没有用。卡普又想到一个办法，它把那个铁家伙牢牢地埋在土里，而自己奋力向树上攀爬，但是这个东西就好像粘在卡普身上一样，怎么都不会往下掉，让卡普更为恼火的是，这个东西不仅没有任何松弛，反而还深深地陷进了它的肉里。

没有办法，卡普只好拖着这个东西钻进了灌木丛林里，然后它就一直瞪着这个家伙。它觉得这个东西真讨厌，它不明白这个东西到底是什么，为什么会一直咬着自己的脚不放。此时的卡普已经觉得疼痛难忍了，于是它又用另一只前脚压住这个铁家伙，用牙咬着另一头用力地撕扯，这个东西竟然一下子松了口。

卡普真不知道发生了什么。原来是它的嘴正好咬到夹子的弹簧，在用力撕扯的时候就把两个弹簧给推了回去，所以咬着它的铁家伙才会松口，但是卡普并不明白这个原理。

于是从那时开始，卡普一生都记住了从这个敌人手里逃脱的方法，而且在它的脑袋里竟然还产生了这样的想法：在水边隐藏着专门等待猎物送上门的厉害敌人，这个家伙能散发出好闻的味道，它还专门咬脚，一旦被咬住，你就对它无可奈何，因为你咬不动它，但是只要轻轻一

按，它就会自己把嘴巴松开。

卡普终于摆脱了这个铁家伙，过了好久，被打伤的后脚痊愈了。

秋天来了，山上的麋鹿开始鸣叫起来，它们发出的声音很动听，就像是在吹着喇叭迎接这个丰收的季节，大雁从头顶上飞过，它们开始了迁徙旅程。

有好几次卡普都被麋鹿追到了树上，对于这类动物的追击，卡普最好的逃避办法就是上树。

在这个季节，猎人们也开始了打猎行动，他们陆续走进森林，开始给各种动物下套。这时，森林里出现了从未有过的味道，而且这种味道越来越浓。卡普沿着这种味道传来的方向走了过去，来到了一个有着不少木桩的地方，这里除了有卡普闻到的那种诱惑它的味道，还掺杂着另一种它熟悉的味道。很快，这种味道就让卡普的眼前浮现出妈妈和兄弟被杀的情景。

卡普小心翼翼地用自己的鼻子嗅着这个木桩附近的味道，那个让它生厌的气味并不是很浓烈，同时还有肉的香味从灌木丛里传来。卡普慢慢地扒开灌木丛，它看到一块空地的中间有一块肉，于是卡普很是开心地用嘴咬住，但就在这时，一个木桩砸向它，原来这并不是留给卡普吃的肉，这只是用木桩制作的捕猎的圈套。

卡普大吃一惊，看到就要落下来的木桩，它赶紧跳开了，但也许是过于饥饿，它始终没有放弃已经到嘴的肉，而是叼着肉跑掉了。这一次经历让卡普又学会了一些东西：只要有那种令人讨厌气味的地方，就一定要小心。

天气越来越冷了，卡普也越来越困乏，在霜降的那一天，它竟然睡了一天都没有起来。现在到处都能找到好的休息之处，不管是下雨、刮风还是太阳高照的日子，它都能根据不同的天气来选择自己的住处。

这时，白天越来越短，而夜晚特别寒冷。终于有一天，雪花在寒风中飘落下来，这时，卡普钻进一个树根下，在暴风雪来临之前它就找到了自己的住处，它蜷缩在那里舒适地睡着了。

树根外面的世界狂风怒号，大片大片的雪花纷纷落下。暴风雪是从山上刮下来的，一直刮到山谷里。这些雪没用多长时间就把所有的坑坑洼洼全给填满了。卡普睡觉的洞穴也被厚厚的雪盖得严严实实，被厚雪覆盖的洞穴里却很暖和，于是卡普就一直在那里沉沉地睡着。

灵犀一点

　　经验来源于实践。卡普在独自生活的过程中虽然遇到了各种危险，但是也学会了如何生存，如何保护自己。当我们遇到困难时，需要有一颗勇于挑战的心。

第四章　春暖花开

冬眠过后，卡普苏醒过来，它在寻找食物的过程中，遇到了它曾遇到过的灰熊和狼。

这个冬天，卡普一直待在洞里沉沉地睡着，其实这是我们常见的一种动物生理现象——冬眠。熊是一种需要冬眠的动物，它们能在寒冷的冬天里睡上一冬而不醒来。

不知过了多久，春天来了，春暖花开的季节到了，卡普渐渐睁开了眼睛。这时，它的肚子咕咕直叫，于是，它扒开洞口尚存的积雪走到外面。它需要食物来填饱肚子了。

虽然春天到了，但外面春寒料峭，气温并没有完全回升，这时草莓和菠萝都还没有长出来，也还看不到蚂蚁和鱼，好像没什么卡普可吃的东西。但是就在这时，一股好

118

闻的味道从大山的方向传来。

卡普来到山上，发现有一只麋鹿倒在那里，原来麋鹿忍受不住冬天的寒冷，冻死在了这里。卡普毫不犹豫地走上前去啃起来。但是这么大的一只麋鹿，卡普无法一下子全部吃掉，吃饱后，卡普用它锐利的爪子就地挖了个深坑，把吃剩下的麋鹿肉埋进了积雪下面的土里。

接下来的几天，每当卡普饥饿的时候，它就会来到这个地方，用麋鹿肉填饱自己的肚子，到最后，就连麋鹿的骨头都被它吃光了。吃完麋鹿之后，卡普又找不到可吃的东西了，每天几乎都处于饥饿状态，卡普越来越瘦了。

一天，卡普刚走进森林，就闻到了另一只灰熊的味道，于是它向一棵高大的树边走去。站在那棵树下，卡普用鼻子使劲地嗅着，灰熊的气味越来越浓了，似乎就在身边。但是卡普的视野有限，它不知道，就在这棵树上，在它看不到的地方留有灰熊的毛。

长久以来，卡普一直在寻找自己的同伴。它一直渴望有一天能遇见一只灰熊。如今当它知道真有这么一只熊存在时，它的心里既惊喜又担忧。就在这时，卡普看到一只灰熊朝斜坡的方向走过来。这是一只老熊，这只熊个头很大，大得让卡普感觉遇到一只怪物一样。

卡普认为是自己认错了，所以连忙跑到一个悬崖上，在那里它能更清晰地看到那只老熊。那只老熊正沿着卡普的脚印一路走去。老熊不知道为什么有点儿生气，它大声吼着，向着卡普原来站立的那棵大树下走去。只见那只老熊用自己的后脚撑住身体，在树边立了起来，然后用自己的利爪撕扯树皮，老熊撕扯的树皮高度是卡普无论如何也达不到的。

老熊也许是看到了卡普，就追了过来。卡普赶紧撒腿跑开，这次它翻过了一座山，来到了一个山谷，这个山谷就是卡普曾经停留过的麦迪兹山谷。

一进入山谷，卡普就发现这是个安身的好地方，它决定在这儿安静地生活下去。这里可以找到的食物也不多，但这里很安静，几乎看不到其他动物。

在动物世界里，强大的动物总是在土壤肥沃的地方生存，而那些弱小的动物只能生活在食物很少的贫瘠地区，因为这里没有太多的敌人出现，但是生活相当艰苦，每天只能勉强填饱肚子。

夏天来到了。这是卡普换毛的季节。卡普浑身发痒，它想到了一个办法：每天在泥水里打滚，或者靠在一棵树上来回地蹭自己的身体。卡普这样做，既缓解了它难耐的痒，又让它感到异常舒服。

卡普经常在树上蹭自己的身体，有时它会惊奇地发现

当自己蹭身体的时候，自己蹭的高度有了变化。原来，卡普一直在长身体，它的个子越来越高了。

它在很多树上都留下了自己蹭身体的印记，有时它舒服地在树旁跺着脚，为自己的成长而高兴，那时的它是那样威武。总之，这里就成了它的领地，而它蹭的那些树就是自己占领的区域。

有一次，卡普在自己的领地里看到了一只灰熊，这让卡普很生气，还没等灰熊靠近，灰熊身上的气味便被风送了过来。

卡普闻着这股气味，感觉并不陌生，它想起自己在春寒料峭时出来寻食，在一棵大树下闻到的就是这种气味。

是的，就是那只灰熊，就是曾经把自己从帕伊尼河赶了出去的那只灰熊。让卡普很奇怪的是，原来那只灰熊长得非常大，但是现在这只灰熊的个头非常矮小。其实不是这只灰熊越长越小了，而是卡普越长越大了。

卡普不想让别的动物来侵犯自己的领地，于是它一下子就蹿到灰熊面前。看到这么大的一只熊向自己扑来，灰熊本能地爬上树。卡普想让灰熊也经历一下自己曾经受过的欺凌和痛苦，于是它紧跟在灰熊的后面，也想爬上去，但是让卡普失望的是，它失败了，此时卡普的脚掌长得非常粗大，已经没有原来灵活了。

卡普放弃了追逐灰熊的计划，从树下走开了。当它再次来到这棵树下的时候，那只灰熊已经不知去向了。卡普很开心，很兴奋，因为它把一个曾经欺凌过自己、让自己害怕的敌人打败了。

一天夜里，一阵好闻的味道被风吹来，这个味道很具有诱惑力，于是卡普向着香味传来的方向寻去。它看到一只死去的公牛躺在地上，公牛的四周聚集了一群狼。此时，卡普觉得自己遇到的这几只狼比以前遇到的狼要小得多，这也是卡普长大了的缘故。它朝狼走去，把狼都吓跑了。有一只狼在死去的公牛身旁跳来跳去，伴着月光，看起来就像疯子一样。看到卡普来到它面前它也一直没有逃走，还是在这里跳过来跳过去。

　　卡普仔细一看，原来这只狼被捕狼机夹住了脚。卡普记起自己以前被一个铁圈子夹住的情形，但是它马上又想起了自己被欺负的情形，它觉得机会来了。于是它向这只跳跃着的狼冲了过去，一下子就把这只狼给撞飞了，狼落在地上摔得头晕眼花快散架了。可是还没等卡普高兴一下，它的脚也踏入了陷阱，咔嚓一声，卡普被捕狼机给夹住了。卡普并不担心，有了上次的经验，它知道如何将这个东西解开了，于是没用多长时间，卡普又获得了自由。

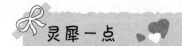

灵犀一点

　　随着卡普的长大，它在看待原来的事物上也与以前有了不同的看法。年龄的增长、阅历的增加，会让我们逐渐成熟起来，让我们有更多解决问题的方法。

第五章　屡遭袭击

卡普渐渐长大了，但是它还会遇到一些意外的袭击，有时甚至有生命危险。

时间过得飞快，转眼第三个夏天也过去了，此时的卡普已经相当健壮了，尤其是它身上的毛发已经长得非常浓密，而且油光闪亮。

曾经有一个名叫斯帕瓦图的印第安人几次出来追逐卡普。"卡普"这个名字还是他给这只灰熊起的呢！这个名字用印第安语翻译出来就是"白熊"之意，这是因为卡普浑身上下的毛都是灰白色的。

斯帕瓦图是一个很出色的猎人，当他看到帕伊尼河边上的卡普在树上蹭身体留下的印记之后，就知道这是一只大熊留下的，于是他开始追踪起来。

一天，正在四处走动的卡普忽然又听到一声熟悉的枪响，啪的一声，它感到一阵剧痛在自己的肩上扩散。卡普本能地拼命逃走，它快速越过几个山丘后来到了自己那个安静的洞穴里。

它躺在洞口，用嘴舔着自己的伤口，它让自己尽可能地一动不动。在野生动物的世界里，它们一旦受伤或者生病，就只能自己医治，因为它们不可能靠人类来挽救它们。

开枪的正是斯帕瓦图，他看到那只熊受了伤，就继续在后面追赶。没过多久，卡普就在洞口闻到了敌人逼近的气味。

卡普不再舔舐伤口，它偷偷地走出洞穴，慢慢地爬上一座山，一直走到了山上的那个休息地，可是斯帕瓦图也跟着来到了这儿。卡普没有办法，不能在这里停留歇息一下，只能转移到其他地方。

接下来的时间，卡普一直处于疲于奔命的状态。过了一会儿，啪的一声枪响，卡普身上又多了一处子弹的擦伤。这时，卡普真的被激怒了，说实话，自从妈妈和兄弟死去后，它对这啪啪的枪响就产生了极度的恐惧感。但是现在，卡普的心里似乎已经没有了惧怕，它对斯帕瓦图的穷追不舍充满了愤怒。因为是他让自己无处可逃，让自己

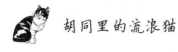

一连几次受伤，卡普内心的愤怒代替了原有的恐惧。

卡普拖着自己疼痛又疲惫的身体登上了一座山，来到了一个突出的岩石下面，它爬过那块岩石，把自己藏在了岩石底下。

不一会儿，斯帕瓦图也追了上来，他是沿着卡普的血迹一路追来的，站在这块岩石上，他满脸不屑的神情，嘴里发出轻蔑的声音，他认为这只灰熊马上就会成为自己的囊中之物了。

斯帕瓦图蹑手蹑脚地转过岩石，想把藏在下面的卡普逼出来，但是他不知道卡普藏在什么地方。卡普不想坐以待毙，它用尽力气撑起受伤的身体，等斯帕瓦图来到岩石底下时，它对准斯帕瓦图挥起前脚，用尽全身的力气狠狠拍了下去。

斯帕瓦图绝对想不到自己会受到这样的突然袭击，他还没来得及叫一声就被卡普的一只脚给掀翻了，而后一个自由落体掉下了悬崖。

卡普又恢复了原来的生活，日子就这样安静地过着。

卡普越长越大，力气也大得惊人，能与卡普较量的敌人基本上都没有了。

卡普自幼时便失去了妈妈和兄弟，一直很孤独，在它的生活里没有亲情，没有友情，也没有令人激动的爱情，它一直独自生活着，即使长大了也没有娶妻的打算。随着卡普体力的增强，它的性情也越来越古怪，越来越暴躁，偶尔遇到卡普的人都会尽快躲开，他们都知道卡普是一只"可怕"的灰熊。

　　而对卡普来说，它现在已经没有什么可怕的敌人了，没什么对手让它难以应对了，只有人类的枪声和那些无情的铁家伙会让它感到害怕。但是这些东西不会经常遇到。

　　卡普的鼻子非常灵敏，它把自己的鼻子当成很重要的信息接收器。有一次，它的鼻子又给它传来信息：在下面的森林里有一只死去的麋鹿！顺着气味传出的方向，卡普准确地找到了自己要找的东西。走到目的地，卡普看到那只死去的鹿依然躺在那里，虽然在肉香的味道里还掺杂着铁器和人类的味道，但卡普没有想太多，它经不住这肉香

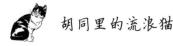

的诱惑。

这次，卡普并没有直接扑向死鹿，而是来回在它身边走着，观察着，然后它用后腿支撑着身子站了起来，从高处向下俯视着这将要到嘴的美食，确定没什么危险后才向着那堆肉走去。

刚接近死鹿，只听咔嚓一声，卡普再次被一个铁东西给套住了。

这次的铁圈好像更牢固了。卡普身上一阵阵剧痛，它在那里嗷嗷叫着，但是卡普并没有害怕，只有愤怒，甚至可以说是暴怒。卡普向上跳着，最初它并不知道该怎样做，但是脑海里闪现出自己以前被套的情景，于是它尝试着用两只前脚压着那个铁圈，但是这次这个铁家伙纹丝不动，它不是捕捉狼和海狸的机器，而是专门捕捉熊的捕熊机。

卡普的脚就一直被这个捕熊机锁着，没有办法，它只能拖着捕熊机和捕熊机另一头连着的木桩，一瘸一拐地跑向远方。

卡普找到一个地方停了下来，它想尽所有的方法来抽出被捕熊机锁着的那只脚，但是不管怎么做都没有用。卡普找到另一个地方，这里有一棵长得很粗壮的大树，树干曲折，横向生长，显得特别遒劲。这个树干离地面大约有一米的距离，正好把卡普的去路挡住了。

卡普停了下来，再次尝试用自己的两只后脚压着捕熊机的弹簧，然后让自己的肩膀面对着那棵大树，用尽全力让自己站了起来。这时那个铁家伙终于松开了口，卡普赶紧把自己的脚拔了出来，但不幸的是它的一个脚趾被拽掉了，依然夹在那个铁家伙的嘴里。但是卡普已经顾不上这些了，它丢掉这个断趾和那个铁家伙匆忙逃走了。

这次的经历，让卡普对铁家伙重新产生了恐惧感。从此以后，它对铁和人的味道更加小心了。

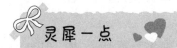

灵犀一点

卡普的生存是艰难的，它往往面临来自猎人和其他方面的危险，但是它最后都凭借自己的智慧逃生。在很多时候，面对危险时，我们既要有勇气，又要有智慧，这样才能找到出路。

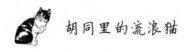 胡同里的流浪猫

第六章　困境逃生

　　在上次的磨难中，卡普失去了一个脚趾，它的生存面临着更大的困难。

　　卡普是个左撇子，以前做事多数是用左脚，但是现在，它的左脚被捕熊机弄伤以后，就再也不能用它来搬东西、找食物了。这个左撇子经过这件事情后，不得不改变自己的生活方式。

　　那个捕熊机把卡普的脚伤得很严重，康复需要漫长的时间。在恢复身体的这段时间里，卡普对人类有了更清醒的认识，它觉得只要闻到人的气味或者听到人的脚步声，就必须尽快逃走，而且逃得越远越好。如果人类距离自己太近而逃脱不掉的话，也千万不要坐以待毙，要拼死维护自己生存的权利。

现在，这只大熊的凶猛可怕在人群中广泛传播开来，以至于很长时间以来都没有猎人再敢到麦迪兹河附近，因为他们都知道在这里生活着一头狂暴的灰熊，这里是它的领地，任何人都别想侵犯，否则后果不堪设想，最聪明的选择是远离这只灰熊出没的地方。

一天，卡普向着自己的领地走去，因为它好久没有到这里来了。但是当它来到这里一看，却看到了让它震惊的一幕：在领地里有一个用木桩做的洞穴。卡普立刻跑了过去想一探究竟，它想不到还有谁敢这样侵犯自己。于是，卡普围着那个洞穴的四个角走了一圈，它的鼻子立刻告诉它这里有让它又恨又生气的气味——人的气味，这个洞穴是人建的小屋。

卡普打算以最快的速度离开这里，这时身后又传来一声枪响，它上次受伤的那只左脚又一阵剧痛。卡普回头一看，一个男人手里端着一支猎枪正从后面追来。

这次，卡普被打中的只是后脚跟，它立即转身向着那个男人奔去，因为卡普早已经认识到当自己距离人类太近而无法逃脱时，就要全力去作战。

那个洞穴式的小屋是两个男人建造起来的。夜里，另一个男人回到了小屋里，他看到同伴躺在床上，浑身是血，这血迹一直延伸到小屋的外面。

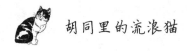

在同伴的身旁放着一本小说，在那本书里有几行写上去的文字，应该是用颤抖的手写上去的，因为那几行文字看上去歪歪扭扭的，文字内容如下："这一切都是卡普干的。我是在小河边发现它的，并且放了一枪打伤了它，然后我想回到我们的小屋，但是这家伙追了上来，然后就朝我扑来……啊！太可怕了。——杰克"

其实这件事是很公平的，毕竟是这个男人先侵犯了卡普的领地，又想夺取卡普的性命，但是事与愿违，他没有让自己的行动成功，反而害了自己。

但是另一个男人可不这么想，他的名字叫米拉。米拉安葬完自己的同伴之后，就不停地在森林和溪谷之间行走着，每天都不停息，他想尽快找到卡普。

一天，一阵扑通扑通的声音传来，原来是几块岩石从山上滚落下来，把两只鹿吓了一大跳，它们赶紧从森林里逃了出来。这恰好被正在寻找卡普的米拉看到，米拉本来想从那个滑坡上站起来，但是他一下子就明白了，这是卡普在搬动岩石寻找食物的时候不小心把岩石弄翻了下来。

米拉很兴奋，他开始着手研究风向，因为风能让卡普发现自己。突然，米拉发现了卡普，他眼睛一动不动地注视着卡普，推测出卡普脚上的伤应该还很严重，因为它一直不太用自己的左脚。虽然卡普在寻找食物，但看上去很不高兴，它一边大声吼叫，一边找着可以吃的东西。米拉没有马上行动，它专注地看着卡普的一举一动，仔细考虑着：在这种情况下，我能有把握袭击这只大灰熊吗？没有的话我可能就会反被它杀死！

此时，米拉的脑海又浮现出同伴惨死的情形，他决定不管是什么样的结果都得当机立断，他要为自己的同伴杰克报仇。

米拉吹了一声口哨，听到哨声的卡普一下子就停止了所有动作，把耳朵竖了起来，头也抬了起来。米拉用猎枪瞄准卡普的头，扣动扳机，但正在这时，卡普突然动了一下脑袋，子弹只是在它身上擦过，它只受到了一点儿皮外伤，但是，这足以让卡普愤怒了。因为枪响之后还留有子弹的青烟，卡普立即就知道了米拉藏身的地方。

此时的卡普用没有受伤的三只脚向米拉藏身的地方奔了过去，迅速扑向米拉。

米拉也赶紧扔掉自己手中的猎枪，飞快地爬上身边的一棵树，他能藏身的地方只有附近的这棵树了。卡普追到树下，但是它因脚伤不能爬树，于是它用力地敲打着树干，还用自己的牙齿和脚趾剥树皮，但是卡普也只能做到这些。后来它在那棵树下等了足足四个小时，也不见米拉下来，就只好向灌木丛里走去。

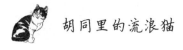

即使卡普已经走了一个小时，米拉还是在树上躲着。他一直等卡普走得足够远的时候才从树上跳了下来，然后捡起枪向着小屋走去。

其实，卡普走了没多远就转身返回，它将自己隐藏在茂密的灌木丛中。卡普看着米拉从树上跳下来后，就从灌木丛里跑了出来并追上米拉，以最快的速度把这个男人也杀死了，为自己报了那一枪之仇。

从此以后，在卡普的领地上，两个男人建造的小屋再也没有人敢来居住了。后来，小屋在风吹日晒中倒塌了。

灵犀一点

　　卡普在同人类的各种斗争中变得越来越聪明了，它用自己的力量保卫了自己的领地，而米拉和杰克也为自己的冒失行为付出了生命的代价。无论什么时候，一个人都应该为自己的行为承担相应的后果。

第七章　圈占领地

在不断成长中，卡普变得越来越强壮，力气也越来越大，它开始有意识地圈占地盘，作为自己独享的乐园。

有一天，从帕伊尼河附近传来阵阵咔嚓咔嚓的声音，声音如此尖厉，钻进卡普的耳朵里，让它感到十分烦躁。听着听着，卡普几乎无法忍受了。过了一会儿，又是这样的声音传来，其间还夹杂着人的声音。

卡普低吼一声，悄悄走过去，想看看那里发生了什么。卡普本来认为自己能看到人，但是它走近一看，却看到一种没有下半身的动物，这着实让卡普大吃一惊。它从没有见过这样的动物，受好奇心驱使，卡普又走近一些，然后站立起来，以便看得更清楚些。

其实卡普看到的就是人，只不过此时他们站在一个很大的坑里，这个坑把他们的身体遮住了。这时又传来铁的气味，于是卡普的眼睛里满是愤恨，神情看上去很恐怖。

其实，坑里的两个男人不是猎人，他们是来这里淘沙的，但是他们没有想到在这里让卡普碰到了。

看到坑边站立的灰熊，其中一个年龄稍大的男人对另一个男人说："不要惊慌，我们就这么待着，一动都不要动！"

另一个男人仍是不放心地说："可是这是一头大熊啊，太吓人了！"那个男人连声音都在发抖。

两个男人屏住呼吸，似乎在等待厄运的降临，但是意外出现了，卡普停下了自己的动作，它自己也不知道怎么了，可能是因为这两个人只是站在那里没有任何反抗，对自己构不成威胁。

作为一只熊，卡普当然听不懂两人的对话，但是它能明确地感觉到现在自己面前的这两个人与自己以前见到的人不一样，虽然这里也有铁的味道和人的气息，但是现在这些东西都没有造成它身体上的痛苦。这两个人只是站在那里一动不动。这时卡普发出低低的吼叫声，然后又恢复四条腿走路的姿势，慢慢转身，离开了这个地方，只留下两个男人在原地发呆。

就在这年年底，卡普遇见了一只黑熊，也就是以前曾经欺负过卡普的那只黑熊。卡普记得自己曾经有一次把这只黑熊追到了树上。今天再遇到这只黑熊的时候，发现它比原来更加瘦弱了，而现在卡普身体更强壮，甚至一用力就能跳过古勒布尔河了。

　　黑熊好像没有一点儿力气和卡普作战了，它看到卡普逼向自己，嘴里发出呜呜的声音——那是在向卡普求饶，然后就迅速爬上一棵树。卡普站在树下，用自己尖尖的锋利的爪子撕扯着树皮，撕扯的高度竟有三米多，树上的黑熊吓得只能在上面颤抖不止。撕扯了一会儿，卡普离开树，迈着重重的脚步向别处走去。

　　过了几天，卡普漫无目的地向着古勒布尔河的河岸走去，几个小时之后，它又来到了古勒布尔河对面的一条河——帕伊尼河边。在这个河岸上有很多蚂蚁和草莓，而这些东西它在很久之前就吃过，都是非常可口的食物，卡普庆幸自己又找到了一个好地方。

在帕伊尼河边有很多美食，而且还没有讨厌的蚊子和苍蝇来打扰自己的生活，这儿也看不到猎人和淘沙的人。有时，黑熊在这里肆无忌惮，但是这对于卡普来说，根本就不算事儿，它根本不把黑熊放在眼里。卡普曾在几棵树上发现了黑熊做下的标记，它看到这些标记之后就挨个儿破坏掉，如果是在干枯的小树枝上，就干脆折断树枝；如果是折不断的树枝上，它就在比黑熊标记高的地方做出自己的标记。

做完这些，卡普就向帕伊尼河远处的山峰走去，那里群山连绵，只要是它经过的地方，印有自己足迹的地方，它就把那里当作自己的领地。

在帕伊尼河附近，卡普发现在岩石底下存有很多树上的果实，其实这些果实都是松鼠积攒下来的，它们在准备过冬的食物。原来这个地方一直都是黑熊的领地，因为黑熊能爬树，所以受到惊吓的松鼠就不在树洞里储藏食物了，而是把自己采集到的果实全部放在了岩石底下。

如今，这些松鼠全力积攒下来的食物被卡普发现了，松鼠们开始慌乱起来，它们不知道该怎么做才能保住自己的粮食。卡普只要看到果实旁边有松鼠，就会扑上去把它们咬死，然后就着果实一起吞进自己的肚子里。

如果卡普的妈妈还活着的话，它一定会告诉卡普，随着季节的改变，要到不同的地方去寻找食物，但是卡普没有接受过这样的教导，它一直独立成长，所以有很多事情都要花很长时间才能摸索清楚。

现在卡普已经懂得了很多生活的技巧了，例如，在早春季节，就到有牛和麋鹿的地方去，那里会有受不了寒冷而被冻死的牛或麋鹿，这样卡普就能享受几天的美食了；夏天刚到之时，就去温暖的山冈上，那里生长着山百合和野芜菁，这些就是卡普这个季节的食物了；夏末到来，河岸的灌木林就有很多草莓；而秋天，在松林里能找到很多美食。这些都是卡普在生活中自己总结出来的。

卡普的领地范围在逐渐扩大，它把原来生活在这里的黑熊给赶了出去。没多久，它就把那头在很久以前欺负过自己的黑熊给咬死了。

有一次，一个对这里了解不多的猎人来到这里，不过他不是来猎杀野生动物的，它来到这里是想为自己找一块可以作为牧场的地方，但是来这里没多久，卡普就把他搭建的帐篷给拆了，并且把那个人的马赶走了。

现在的卡普无论到哪儿都会留下自己的标记，这标记就好像一个警示牌，上面写着："这是我卡普的领地，侵入此地的一切动物都给我滚出去，否则后果自负!"

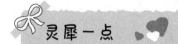

灵犀一点

　　生活是一本很好的教科书。卡普在独立生活中总结出了许多有用的经验，它用自己的实力占领了大片的领地，懂得运用不同的方式对付不同的人。

第八章　战无不胜

　　卡普的经验越来越丰富了，在独自成长的过程中，它不仅学会了通过气味辨别物种，还学会了许多保护自己的技能。

　　卡普是一只力气很大也很有智慧的灰熊，它从第一次被铁圈套住之后，就学会了如何摆脱这个东西，还完全掌握了人类和铁圈的味道，这样的事情只要经历过一次它就全部记在自己的脑海中了。卡普在年幼时就遭受到接二连三的打击，但是它在这样的生存环境中一步步地走了过来，而那些经历在现在看来是一笔人生财富。

　　卡普总是喜欢从一座山走到另一座山，从一个山谷走向另一个山谷，有时它会把一块块岩石像扔小石子一样扔出去，有时又会把一根粗粗的树桩当作一根小小的火柴棒扔到一边，然后来回寻找自己能吃的东西。

不论是在平原上还是在山上，我们都能看到卡普的身影，在这些地方，卡普奔跑起来就像在飞行一样迅速。在这期间，有好几只黑熊都被卡普给咬死了，其实也不是卡普残忍，是这些动物侵犯在先，它们对卡普居心不良，卡普只是自我保护而已。

原来欺负卡普的山猫现在看见卡普就会马上跑开，逃到树上。卡普的力气很大，这些山猫跑到哪棵树上，卡普就会把哪棵树折断，这时山猫就会随着倒下的树摔得粉身碎骨。

还有些比较大的动物，如长得高高的驼鹿、美洲狮，只要卡普走近它们，这些大动物就会立即放弃已经到手的猎物而远远地躲开。当卡普到达草原上时，一些生活在那里的野马也吓得赶紧逃走，就像受惊的小鸟一样。

在原来的牧场上有一些比较狂妄的公牛，而现在它们要是被卡普撞见，只需一瞬间，卡普就能把它们的头敲得粉碎，如此一来，卡普就会有一种快感，它总算报了被公牛欺负的仇了。

其实想想，卡普也很可怜，它在很小的时候就失去了妈妈和兄弟，在成长的过程中又经受了那么多的磨难，现在的它没有妻子，没有属于自己真正的家，所以它不知道一只灰熊的快乐生活到底是什么样的，它有的只是比普通熊强大的力量。

这样的生活使卡普得不到任何的心灵安慰，它每天几乎都是在忧郁和愤怒中度过的。卡普性情暴躁，现在已经没有什么东西可以吓到它了，它每天期待的事情无外乎就是和谁好好干上一架。

这样的生活没有丝毫的乐趣，只有一样东西能够让它兴奋起来。当卡普把公牛弄死时，把树干折断时，或者用力击打岩石时，公牛的惨叫、树枝的响声、岩石掉落的声音让卡普的情绪得到发泄，只是在我们看来确实非常残忍。仔细想想，卡普这样的性格和心理形成的原因也不能完全归咎于它自己。

自打出生后，卡普就学会用鼻子去辨别很多不同的气味，这些气味对它来说就是一种特殊的语言，这些气味每天告诉卡普："我在这里，我是某某。"就是这样的气味每天像卡普的同伴一样，向它打着招呼，告诉它各种信息。

当然，卡普在生活中并不单纯依靠鼻子，它也依靠眼睛和耳朵，以往的经历让它明白，气味并非一直都是可信的，有时，鼻子告诉它："来吧，这里没有什么危险！"卡普也绝不会轻易相信。

在卡普知道的这些气味中，有些气味很强烈，有些则比较微弱，比如杜松树的果实、野蔷薇的果实，还有草莓，都是一种淡淡的柔和的气味，这种气味没有什么危险，它们给卡普打招呼："我们在这里，我是杜松果，我是野蔷薇，我是漂亮的草莓，你来吧！"在远处生长着的松林则是以一种洪钟般的声音和卡普说话："喂，我在这里！"

　　有的声音是和季节有关的，随着季节的变化而变化。比如到了五月在野百合完全开放的地方，那么多的野百合总是用协调的声音歌唱着："这里是百合花的天地，这里是百合花的天地！"当卡普进入百合花绽放的地方，它就会听到这样的声音："就是这个地方，就是大百合的根部，

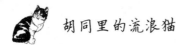

你看，鼓鼓的，圆圆的，它已经熟透了！"

到了秋天，森林里蘑菇的声音也响了起来："哎呀，我们胖了，我们就是身体健壮的、香甜的蘑菇。"不用看，这就是来自无毒蘑菇的声响。有毒的蘑菇也不甘示弱，它们用更响的声音叫了起来："我们的身上有毒，千万别碰到我们，千万别把我们吃到嘴里，不然你们可能会没命的！"这是善意的提醒。

在这个复杂的大自然里，对卡普来说无关紧要的气味也不少，同时，一些让卡普一闻就感到厌烦的气味也不在少数，例如人类的气味和那个生铁的气味就让卡普既害怕又愤怒。

这天，卡普站在帕伊尼峡谷上，它闻到了一股很特别的气味，而这气味它从来没有闻到过。这种气味是在刮西风的时候从远处飘来的。

这气味对卡普来说很神秘，但是卡普并没有过多地去注意，也没有产生一种想要毁灭它的冲动。

当这种气味飘来时，卡普只是微微地抽动着自己的鼻子，嗅嗅风的气味，但是从未想要去确认一下这种气味是什么东西散发出来的，是从什么地方飘来的，所以，它并没有像以前那样顺着气味去寻找。

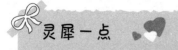

灵犀一点

卡普坎坷的经历让它积累了丰富的生活经验。如同获取知识一样，"纸上得来终觉浅，绝知此事要躬行"。

第九章　新占领地

　　卡普无意中发现了一处温泉，洗浴后，它身上的伤竟然意外地痊愈了，它立刻把这个温泉占为己有。

　　转眼间，卡普的青年时代即将过去，但是在这之前它受的伤并没有完全好，受过枪伤的脚总是让它感到疼痛，尤其是在寒冷的冬天，或者在夜晚的时候。有时空气潮湿，这种疼痛就会更加剧烈，尤其是它的后脚疼起来就不能行走自如。

　　一次，卡普拖着这只疼痛的后脚往前走着，在通过帕伊尼峡谷的时候，迎面吹来的西风又把那种神秘的气味送了过来，吸引着卡普。

　　卡普一直不知道那是什么东西发出的气味，这种气味中有一种神秘的力量在召唤着卡普："来吧，到我这儿来

148

吧！"而且它的鼻子好像也在劝它："去吧，去看看！"

在这之前，它对这种气味不会感兴趣，但是今天，这个东西对它充满了诱惑。这到底是怎么了？其实卡普也不明白。

卡普一边抽动着自己的鼻子，一边向着气味飘来的方向走去。走了一段路程，这种气味更加浓烈了，这时，在卡普面前的地上出现了白色的沙子，那里还流着肮脏的水。再走近一些，卡普看到有一个小池子，那里冒出了像雾一样的气体。

卡普又向那个池子走近了些，它把一只前脚伸了进去，它感觉池子里的水暖暖的，而且这样一泡，心情也立即好了许多。于是它把自己的两只脚都放进去，然后小心地一点儿一点儿地走了进去，这时池子里温暖的水也溢了出来，只一会儿，卡普就把整个身体都浸泡在那个池子里了。

卡普在这个温泉里泡了一个多小时，它浑身开始冒汗，于是就从温泉里走了出来。卡普感觉身体舒服了很多，更让卡普想不到的是那只受伤的脚好像瞬间痊愈了，一点儿也不疼了。

卡普摇落身上的水珠，然后登上附近的一块岩石，它舒展着自己的身体，在这里把自己湿漉漉的身子弄干。可是在弄干自己的身体之前，它还有一件更重要的事情要做。只见卡普站在岩石附近的一棵树旁，在那棵树上刻下一个自己的标记，这个标记在警告其他人："这个地方是我的专用澡堂，禁止入内！——卡普"

　　从那以后，卡普总是来到这个温泉，把自己完全浸泡在内，很快，它身上的伤痛都消失了，这里简直就是卡普的美妙天堂。

　　卡普的身体不再成长了，它身上原来光亮的毛也渐渐地变白，这些都表示卡普已经在慢慢变老，原本充沛的精力、饱满的精神、健壮的体格都在随着年龄的增长而慢慢变得衰弱，那个威武得不可一世的卡普已经成为历史。现在的卡普进入了老年。它好像比以前更加容易动怒了，这时它已经变成了一只非常危险的灰熊。

在帕伊尼河岸，很长时间没有人的踪迹了，这里似乎成了人的禁区。但是有一天，在那个叫帕雷特的牧场上却出现了牧人的身影。

牧场里的牧人们在一块土地上忽然发现了一只已经很老的灰熊，那时的它浑身脏兮兮，但是他们对这只熊没有采取任何行动，而是说："我们放轻一点儿动作，让这只老熊自己随便做点儿什么吧。"他们并没有对卡普做出什么不利的行为。

这些牧人也发现了卡普在树上蹭身体时留下的标记，尽管这样，他们却不能经常见到卡普的身影。理由很简单，现在卡普的领地是非常广阔的，而它经常在自己的领地里到处散步。

尤其是在春天这个季节里，卡普最忙碌了。卡普原来留下的很多标记经过一冬暴风雪的洗礼已经全部消失。所以在春天里，卡普必须做的事情就是在自己辽阔的领地内巡逻，重新把自己的气味留在每一寸土地上。

有一个牧人对卡普很感兴趣，他就是这些牧人的首领。他以前曾经从帕雷特牧场的上校那里听到过有关卡普的故事，也从上校那里了解到卡普是一只很不好对付的熊，但是他尝试着对卡普做进一步的调查。

随着调查的深入，这个牧人进一步认识到上校的话是对的，它也更加确信，卡普这只灰熊真的不好惹，它是一只与众不同的熊。尤其是卡普被铁圈套住之后还能成功逃掉，这就更能证明卡普不是一只笨熊，它有着广博的知识，它对陷阱、铁圈的了解甚至比一个普通男人了解得还细致。

只有一件事这个牧人始终没有弄明白，那就是每年的七八月份卡普到底在哪里。冬天里，熊是要冬眠的，但是到了夏天，卡普在什么地方呢？它去的地方到现在也没有人知道。

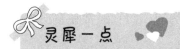
灵犀一点

卡普逐渐变老了。任何人或动物都有衰老的一天，这是自然规律，我们应正确面对。

第十章　自由王国

很多年以后，灰熊生活的地区被美国政府划为野生动物保护区，卡普又会有什么遭遇呢？

很多年以前，美国政府就把耶鲁斯敦河的上游划为了野生动物保护基地，并且成立了耶鲁斯敦国立动物园。这个国立动物园简直就像是童话王国，因为这里有着严格的规定：任何人都不可以伤害动物，也不能采取任何方式吓唬动物。所以生活在这里的动物都不用害怕人类，有时它们甚至会直接走到人的身边而不用担心受到任何伤害。

同时，在这个国立动物园里还有一个规定，那就是任何人都不允许带着斧子或者其他工具在动物园里砍伐树木，也禁止人类进入这里淘金。所以长时间以来，这里仍旧保留着茂密的森林和清澈的河流，很多动物都悠闲地生

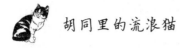
活在这里。

在这个国立动物园旁边有一个旅馆，在旅馆较远的地方有一个垃圾堆，每天，人们都把垃圾运到这个垃圾堆里。也不知道从什么时候开始，这个垃圾堆竟然招来了好几只熊。

但是在这里，这几只熊从不打架。在这些熊中，有比较大的熊，也有比较小的熊，它们都知道这里是一个安静和平的世界，它们不能争执，不能互相残杀，于是它们每天都在尽自己最大的努力和周围的动物和平相处，所以我们能看到这群熊在这个垃圾堆里找好吃的食物而相安无事。

就是在旅馆中留宿的人看见熊在旅馆附近也不会去恐吓它们，这里已经成为一道独特美景。人们看到这些熊的时候，只是远远地眺望着，欣赏着美丽、和谐的景色，看着熊友好地嬉戏，看着熊安静地返回。

聚集在旅馆附近的熊都来自不同的地方，这就好像是夏天到来后，人们会从不同的地方来到一个可以避暑的地方一样。

这里的旅馆只有在夏天的时候才会对外开放，所以一到夏天，首先来到旅馆的是工作人员，然后熊也渐渐地聚集到这里，最后才是旅行的人们来到这个避暑的好地方。

但是，美好的时光总是短暂的，不久，这里的夏天就要结束了，首先离开这里的是最后来的那些旅行的人，然

后是旅馆的工作人员，最后才是到这里的熊。但是没有一个人知道这些熊在度夏之后会去什么地方生活。

有一年，在这个童话般的动物王国里来了一个新的成员，这是一只很老的灰色的熊，它长得很高大。只见这只老灰熊慢慢地、悠闲地踱着步子靠近了动物园附近的旅馆，然后从旅馆的前门走了进去，来到了大厅内。在那个地方，它就那么直挺挺地立着。这是以前从没有发生的事情。大厅里的客人看到这种情形，全都慌乱地跑进了自己的房间。老灰熊一看人们都逃走了，于是它又来到了旅馆的办公室。那里的工作人员看见这么一位不速之客，着实吓了一跳，但是他随即轻声说："天哪，你喜欢这里？喜欢在这里上班？如果真是这样的话，那么我马上就把这个

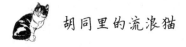

位置让给你!"

说完,这个工作人员就跳过收银台逃走了,他连滚带爬地来到了电话室,然后从里面把门锁上,立即给动物园主管打了电话,告诉他这里发生的一切。

"主管先生,现在在我们旅馆的办公室里有一头老灰熊,看样子它是想经营这家旅馆。用枪打死它行不行?"工作人员对熊的入侵还是过于惧怕,于是他想到的就是最残忍的一种方法。

他立即听到动物园主管的回话:"你知道在这个地方是不允许伤害动物的,更不能残忍地杀害它们!你现在要做的就是用旅馆里的自来水管向它喷水。"

于是这个工作人员按照主管的吩咐,用水管向老灰熊身上喷水。这下轮到老灰熊吃惊了,它不知道这是一种什么袭击方法,于是就学着刚才工作人员的做法,跳过收银台逃走了。老灰熊跑到了旅馆的厨房里,看到那里有很多肉,于是它带着一块牛腱肉,从旅馆的后门跑了出去。

从这件事中我们可以看出,这个动物园是真的遵守了不能猎杀动物的规定。

其实还有一件与这只老灰熊有关的事情。这只灰熊曾经与一只母黑熊打过一架,当时那只母黑熊还带来了一只比较任性的小熊。这只小熊在这里总是胡作非为。所以这里的其他熊对它意见很大，真的是犯了众怒。但是这只小熊的妈妈不仅没有制止它的行为，反而还时时为它的孩子辩护，于是这只母黑熊也因为这只任性的小熊而遭到众熊的厌烦。

这一次母黑熊和灰熊的战争也是因为这只小熊。母黑熊主动攻击灰熊，这下可惹恼了灰熊，它生气了，然后把那只母黑熊痛痛快快地揍了一顿。母黑熊就像一个皮球似的滚跑了。但是灰熊并不解气，它急速追赶着母黑熊，直到这只母黑熊爬到了一棵树上。

其实那只灰熊真正生气也只有那一次，其他时候它总是很温顺，也很谦和。

于是，当人们谈到那只灰熊的时候总是说："这只老灰熊一定是从一个很遥远的地方来到这里的，它也一定没有受到过枪炮的袭击和其他铁圈、陷阱的伤害。"

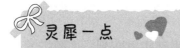

灵犀一点

　　野生动物也是自然界中的一种宝贵资源，保护动物就是保护人类自己。维护生态平衡，与动物和谐相处，应成为现代人类的共识。

第十一章　再遇牧人

夏季的一天，卡普再次遇到原来与它交锋过的牧人头领，这次他们之间会有什么故事呢？

夏季的一天，来自帕雷特牧场的一个牧人来到了耶鲁斯敦动物园，这个牧人就是那个牧场的牧人首领，就是前面我们提到的那个对卡普有浓厚兴趣的男人。他来到这里，并在旅馆里住了下来。

这个牧人首领从旅馆里的人那里打听到，这附近的一个垃圾堆旁有很多熊。他觉得很奇怪，于是找了一个当地向导带自己来到这个垃圾堆旁想一看究竟。

他们在垃圾堆旁的一块空地上看到那里有很多熊正在安静地捡拾食物，没有争吵。

没过多长时间，傍晚时分，从森林里走出来一只灰色的老熊，长着高高的个子。这只熊身上的毛从顶部到尾部都已经变成银色的了，所以从远处看它浑身上下都是白色。

这只熊看上去年纪不小了，但是它一出现，周围的熊的眼睛里就闪着恐惧的目光，原来还在这里安静觅食的熊自动躲到一旁，把这个地方主动让给了这只刚来的灰熊。

于是，那个向导对牧人首领说："这只熊是动物园里最大的一只灰熊，别看它的个头大，样子也显得很凶，但是它总是很温顺。它体力很强，对于它到底能托举起多重的东西，恐怕没有人知道。"

这时灰熊迈着沉重的脚步，晃动着硕大的身体，一步一步向垃圾堆走来，此时它的样子远远地看去就像是一大堆又白又大的干草堆成的山一样。它摇摇晃晃地朝这边走来。

牧人首领看到那只大灰熊渐渐靠近他们，吃惊地说："天哪，是这个家伙！没错，一定是帕伊尼河岸的那只灰熊，是的，就是那只熊，就是卡普！"

向导看到牧人首领吃惊的表情，听到他的话，很好奇地问："怎么？你认识它？你知道这只熊？"

牧人首领头都不转过来，一直看着卡普，他告诉向导："这只熊可是帕伊尼河岸非常出名的熊，它的名字叫

卡普。这只熊可不好惹，它曾经把好几个人都给弄死了，而且很多黑熊和牧场上的牛也被它吃掉了。"

牧人首领就好像在法庭上列举卡普的罪状一样，一下子说出了他知道的所有卡普的劣迹。听到牧人首领的话，向导有些不相信地说："不会吧？你所说的那个帕伊尼河离这里可是非常遥远啊！但是这只灰熊每年七八月份都是在这里生活的呀。我怎么也不会相信这只灰熊竟然来自那个遥远的地方。"

听到向导的话，牧人首领忽然明白了，说："是吗？不过现在我倒想明白了，你一说七八月份我就知道了，这个时间正好是卡普在我们牧场周围见不到踪影的时候。你看，这只熊是不是拖着一只脚在走路，而且它左边的那只前脚的脚趾还掉了一个。我坚信这只熊就是生活在那个遥远地方的卡普。"

仔细看去，牧人首领说的这些特点在这只老灰熊身上真的存在。但是，向导还是不太确信。

牧人首领没有过多地理会向导，继续说："这只熊可是与众不同的熊啊！它不用靠近陷阱里设计的圈套就能很快夺走陷阱里的诱饵，而且还能利用木桩把铁套打开，这是一只极聪明的熊，非常有智慧！"

听到牧人这样介绍卡普，那个向导还是有些疑惑地说："这听起来就好像是惊险故事，简直让人无法相信！"

于是，这只来自毕塔鲁特山的灰熊的故事广泛传播开来。大家都知道这只大灰熊不好惹，它头脑灵活，到了关键时刻它就会对人或其他动物大打出手，所以别的山上的灰熊基本上被杀尽了，但是只有毕塔鲁特山上的灰熊有很多，并且看起来还有逐年增加的势头。

我们都知道，山的大小是不会改变的，并且熊的活动区域也是固定的，但是熊不断地繁殖，使得这里的熊就必须要迁移到别的山上。

毕塔鲁特山的熊被人们称为驼背熊。在那里有一只脸上长着白色斑点的比较年轻的熊，这只熊长得很瘦，力气也很小。在毕塔鲁特山上它还没有找到自己的领地，又没有什么办法，它只能下定决心离开那里，主动迁移到其他山上去。

这只白熊在其他山上都走了一遍，然后来到了古勒布尔河附近。在这里，它找到了很多食物，于是它认为这里是一个比较容易生存下来的地方。

但是白熊走了没多远，就看到了卡普在这个领地里留下的标记，那是一种警告的标记，白熊也看懂了标记的内容："这是我卡普的领地，侵入此地的一切动物都给我滚出去，否则后果自负！"

然后白熊走到了那个有标记的树下，它小心地尝试着在旁边站住，看到那个标记竟然印在距离自己头顶很远的地方。白熊大吃一惊，它在心里嘀咕：天哪，这里竟然有个这么大个的熊！

如果一只普通的熊看到这些标记，一定会害怕，也许早就逃到了其他地方。这只白熊虽然力气小，但是它认为只要不和这只大熊撞在一起，就不会有什么危险，自己也就可以在这里好好地生活下去了。因为到目前为止它还没有找到一个比较理想的居所呢。

在印有卡普标记的旁边有一个砍伐后留下的松树木墩在那里闲置着。看到这个东西后，白熊想：这个树墩下面也许会有可以吃的蚂蚁或者虫子吧。想到这儿，它就把那个树墩给翻了过来，但是它很失望，在这个树墩底下它什么也没找到。

不仅如此，这个树墩竟然滚了起来，然后咚的一声撞在了那棵印有卡普标记的树上，停止了滚动。

看到滚动的树墩，白熊刚开始并没有想什么，心里只是有些失望，但是它灵机一动，来到这棵树下，把树墩当作梯子，踩在上面踮着脚站了起来，把自己的背贴在这棵大树上，然后在这棵树上留下了自己的标记，这样一来，白熊的这个标记印在了比卡普的标记还要高的地方。

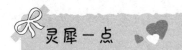

灵犀一点

不论人还是动物，要形成良好的性格，同样需要良好的环境。良好的环境与良好性格的塑造息息相关。

第十二章　敌人入侵

　　在卡普的地盘上出现了一只白熊，它不但将卡普的标记毁灭，还到处留下自己的标记，以表示对卡普领地的占有。

　　白熊在原来卡普做标记的树上蹭自己的身体，把属于自己的标记印在了上面，而且还印了好几遍。最后，白熊从那个树墩上跳了下来，树墩就势滚到了一边。再看白熊印下的标记，看起来就和白熊自然站立起来印上去的没什么区别。

　　没过多长时间，卡普就看到了白熊的脚印，于是它很生气，追着这个脚印到处寻找可恶的侵入者。然而它一次也没有发现白熊的身影。这只白熊不仅脑子灵活，而且奔跑起来速度相当快。

　　白熊现在正在逐个寻找卡普留下的标记，再非常巧妙地将自己的标记印在比卡普的标记更高的地方。因为白熊在留下自己的标记时都会事先找一找这附近哪里有树木或者岩石，然后爬上树或者登上岩石在比卡普的标记更高的地方做上自己的标记。

　　白熊这样的行为让卡普无论走到自己领地的哪个地方，都会看到一只比自己还要高大的熊留下的标记，而且卡普也看懂了这些标记的提示语："这个地方现在是属于我的，如果有谁不满的话，尽管来挑战，尤其是这块土地原来的主人，我还真想和它干上一架。"

　　卡普看到比自己的还高的标记，认为这个家伙一定像一个妖怪一样，但是它并没有退缩和害怕，因为卡普可不是一只懦弱、会轻易认输的熊，所以它在心里告诉自己：无论这是一只多么庞大的熊，我都会找到它，和它决一雌雄。

　　于是卡普每天都会寻找那只很大的像妖怪的熊，而且随时都准备和这只熊干上一架。

　　此时那只熊的标记已经随处可见了。但奇怪的是，卡普就是找不到它的身影，有时候卡普甚至能清晰地闻到它的味道，可无法找到它。可能是卡普年纪大了，眼睛不好使了，现在它看眼前的东西都是模糊一片。

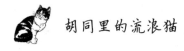

同时，卡普还有一种明显的感觉，那就是自己的身体在严重地衰退，体力已经不能和以前相比了，牙齿和爪子也都磨损得不行了。

如果看到敌人的踪影，卡普是绝不会逃走的，可直到现在它还是没有一点儿头绪，始终找不到那只熊的半点儿身影。于是卡普每天都在不安中生活，它每天都处在随时战斗的状态。也许就是这样的焦急心态，让卡普感觉身体状况越来越差了。其实，即使没有那只熊，卡普的身体也因以前伤痛的折磨而每况愈下。

我们再来看看白熊，它和卡普一样每天也是心惊胆战，因为它清楚地知道，自己一旦被那只大熊发现的话就真的没命了。

在不断被追逐的状态下，白熊每天都在不停地变换自己的生活地点，一边躲避，一边极力地掩藏自己的脚印，为了躲避卡普它费尽了心机。

就是这样，白熊也差点儿就被卡普发现，一旦风向有所改变，那么白熊就有可能被卡普发现。每到这个时候，白熊总是一边祈祷风向不要改变，一边偷偷地注视着卡普的一举一动，每当看到卡普从自己身边走过时，它总是浑身发抖。

有一次，在一个溪谷的尽头，白熊似乎没有什么地方可去了。眼看着自己就要被卡普追上，这时它看到了一处悬崖，于是它机灵地钻进那个悬崖的一个狭小的缝隙中，然后通过那个缝隙爬上山谷逃跑了。卡普不能追上去，因为它的身体过于庞大，悬崖的缝隙过于狭窄，它根本无法进入。

还有一次，白熊走到了卡普曾经使用过的温泉那里。白熊对温泉没有什么兴趣，但是在温泉的四周它发现了卡普在这里留下的脚印，这时，调皮的白熊竟然有了这样一个想法：这下，我要把你的温泉给搅一番！

于是，白熊就把温泉四周的垃圾全部丢进了那个冒着热气的温泉里。做完这些后，白熊又来到温泉附近卡普留下标记的地方，然后登上那里的岩石，将身子站直，把自己的标记印在了卡普的标记上面的地方。接着白熊好像无事可做了，于是它一边注视着四周，一边又将水弄浑，直到所有的水都被弄脏了。

没过一会儿，在下面的森林里响起了一种声音，一听就知道是一只很大的动物向这个方向走来。这个动物正是卡普。白熊赶紧逃离，在白熊逃走之后，卡普才来到这个温泉旁边，但是只发现泥里清晰的脚印。

泥里的脚印其实是很小的动物的脚印，因为卡普的眼前是朦胧一片，所以它并不能清晰地看到脚印的大小，但是它的鼻子给它发出了这样的信息：这些脚印是自己寻找的那只熊留下的。

现在卡普的身体越来越糟糕了，每天它的身体都会很疼，所以它来到这里，想泡一泡温泉，减轻身上的疼痛。但是在这里它发现了敌人的踪迹，而且也看到了自己原来在树上做的标记上面有了一个新的标记，这个标记就像一个恶魔一样折磨着卡普。

于是卡普取消了泡温泉的打算，转身离开这个地方，它还没有注意到自己的温泉已经被敌人破坏了。

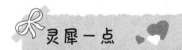

灵犀一点

习性是长期在某种自然条件或社会环境下所形成的特性。为了生存和自身利益，动物也有争夺地盘的习性，这是一条丛林法则。

第十三章　英雄迟暮

卡普老了，它被一只更年轻更有力气的白熊赶出了自己的领地，它该何去何从呢？

卡普从自己的温泉那里走出的时候，那只白熊其实没有离开太远，它只是躲在附近的一个空地里，而且那个空地是一块没有退路的地方。看到卡普过来时，它吓得浑身发抖。所以只要卡普仔细寻找，它一定就能发现那只侵犯自己领地的白熊，它只需要一个回合就能把那只讨厌的白熊撕得粉碎。

但让人没想到的是，卡普竟然从自己的领地逃走了。这件事成了卡普一生中的一个重要转折点，当然这一切对卡普来说都是谜，它根本弄不清楚其中的原因。

只见卡普拖着自己疼痛的身体向远处走去，走向远处的肖恩山。

一会儿，从远处飘来了一种可怕的味道，这味道对卡普来说并不陌生，它在很久以前就对这种味道非常熟悉了，但是它不知道那里到底发生了什么。

于是卡普顺着那个味道传来的方向走了过去。它来到一个溪谷，这里很荒凉，卡普在这里看到了很多黑色的东西，还有一些零零散散的骨头架子散落在溪谷的四周。

一走进这个溪谷，卡普就闻到了各种动物的气味，那是动物尸体发出的味道，不知道什么原因这些动物现在都倒在了这片草木不生的溪谷里。

原来在溪谷上面有一块有缝隙的岩石，从岩石的缝隙里冒出一股股可怕的毒气，这种毒气用肉眼是无法看到的。由于它比空气还重，所以全都沉到了谷底，把从这儿经过的动物都杀死了。

这种可怕的气味让卡普无法忍受，于是它赶紧走了出去。卡普再次呼吸到新鲜空气时，它有一种重生的感觉，而这种感觉让它烦躁的心情也暂时得以缓解。

卡普在自己的温泉那里被看不到的敌人赶出来之后，它并不是不再去那个地方，偶尔也会再走到那里泡泡温泉，但是一旦发现了敌人的脚印，它就用自己大得吓人的声音使劲吼着，然后顺着那个脚印追过去。因为它的心里仍然想着要和那个敌人决一死战。

但是不知为什么，卡普从没有追上过那个敌人，那个敌人此时在卡普的心里竟成了一个谜。卡普就这样不停地追逐，使得身体更加疼痛。有时，卡普甚至能感觉到那个敌人就在向自己这边走来，于是它就会找好一处作战的最佳场所，等待着那个敌人的到来。但是奇怪的是，那个敌人从没有走近过，这让卡普变得更加烦躁不安。它现在也不能舒舒服服地回到自己的温泉里洗澡，所以它脚上的伤痛也更加厉害了，而且原来人类向它射击的两枚子弹留在了它的右肩，这个地方也时常隐隐作痛。

卡普现在的心情会随着身体状况的变化而变化，当身体比较舒服的时候，它就能很快重拾往日的威风和信心，想着不论自己遇到多么危险的东西都必须和其较量一下；但是当身体感觉很糟糕时，它的这种斗志和自信就好像一下子全部消失了，只想着要尽量避开敌人，避免和敌人正面交锋。

那一段时间，卡普就是在这两种状态下生活着，它时常摇摆不定，但是慢慢地，那种避让、退却的想法越来越强烈，这其实是卡普的身体和年龄造成的。

卡普的领地里有很多可以寻找食物的地方，要说食物最多的地方就要数帕伊尼河和渥哈乌斯河了，但是在那两

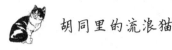

个地方也有那只白熊的脚印和标记。于是卡普告诉自己，在自己身体不好的时候、心情很糟的时候就尽量不去那两个地方，其实换句话说，卡普已经把自己的这两个地方主动让给了那只白熊。

有好几次卡普还想着再去自己的温泉去泡泡身体，然而它最终还是放弃了。从这里我们也可以看出，现在的卡普就连自己最重要的温泉领地也拱手让给了那个不速之客。

就这样，一直以来，卡普与自己的这个敌人一次正面交锋也没有。最后，它竟然逃出了渥哈乌斯河和帕伊尼河。有了第一次的逃跑，接着就会有第二次、第三次，在卡普的生活里逃跑竟然成了最重要的内容。

　　此时卡普拖着受伤的脚沿着帕伊尼河向下游走去，其实卡普每天都在这个河畔躲着度日。这里是卡普的妈妈和兄弟以前生活的地方，但是现在只剩下它自己了，并且还经受着伤痛的折磨，并要躲开敌人的追赶而艰难地度日。在这个地方，浑身是伤的卡普好像又回到了以前的那种日子——整日担惊受怕。

　　现在的卡普非常落魄，它甚至连吃松鼠和野鸡的力量也没有了，它只能找一些不费力气就能吃到嘴里的植物来填饱肚子。

　　一天，卡普仍旧拖着疼痛不已的身子出去寻找食物，当它走到一个陡坡下面的时候，一块岩石从陡坡上面滚了下来，与此同时，那个熟悉的敌人的气味就从陡坡上传来，直逼卡普。

　　这次卡普没有想着去寻找那个敌人，立即跳进了帕伊尼河里，此时河水冰冷，就好像寒冰一样刺进卡普的身体。它感到浑身被针扎一般，这样的疼痛简直要了卡普的命。卡普再次逃走了，但是这样的逃跑究竟什么时候才能到头？而且它究竟跑到哪里才安全呢？

胡同里的流浪猫

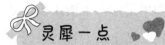 灵犀一点

　　在大自然中生存，靠的是实力，当实力不如对手时，退却也是一种明智的选择。否则就会把自己陷入不利的境地。

第十四章　悄然离世

卡普为了躲避白熊的袭击，不得不走向人类给野生动物建造的牧场小屋，它会安心在那里住下吗？

在卡普面前，现在只有一条出路了，就是去新建牧场的小屋那里。也许只有在那个地方自己才安全。卡普为了躲避那个敌人，只能走向那个小木屋了。

可是卡普刚到小木屋的附近就听到一阵吵嚷声从那里传来，它不知道发生了什么。卡普最信赖的朋友就是它自己的鼻子了。它又开始抽动鼻子，这时鼻子告诉它："老家伙，回去吧，快回去，回到山里寻找你逃跑的路吧！"

如果这时卡普返回山里的话，说不准会遇见那个追赶自己的敌人，但是卡普宁愿相信自己的朋友——鼻子的警告，于是它决定转身重新回到那座山上。

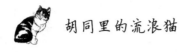

卡普迈着沉重的脚步，它不敢走平坦大道，只走洼地和有树的地方，这主要是为了不让那个敌人发现自己，卡普最终回到山上。

卡普开始攀爬悬崖，以前，它能毫不费力地攀越上去，但是现在它的动作是那样迟缓，那么沉重。它刚爬到一半，脚底一滑，滚落到了悬崖底下。

此时卡普再也没有攀爬悬崖的勇气和力量了，于是它只能想别的方法了——绕道而行。

卡普心想：自己爬到山上能怎样呢？爬上去干什么呢？去哪个地方都可以安身，只要那个地方没有那个可怕的敌人就可以了。但是这样的话，它就必须要走出自己原来的领地范围，否则，还是和原来的生活一样。

这时卡普到了一个十字路口，它选择了向西的方向走去，这条路是离开它的领地走向肖恩山脉的，卡普开始踏上了一条新的道路。

以前的卡普是多么健壮和勇敢，但是现在它的力气好像一下子就没有了踪影。身上的旧伤造成的疼痛越来越厉害，现在的它只能拖着沉重的脚步离开，而且还是被敌人从自己的领地里给驱逐出来了。

在卡普行进的道路上有很多山，翻过那座座山脉，前面就是耶鲁斯敦动物园了，那条路是每年夏天卡普都要经过的。可是，以前卡普能很轻松翻越的山，此时想越过却显得那样费力。现在卡普翻越一座山用去的时间和力气要比以前多出好几倍。它还要一边走一边不停地回头看，因为它担心敌人会追上来。

卡普踏着微颤的脚步慢慢前行，西风吹来，带来死亡之谷的气息。那个死亡之谷是卡普以前经过的一个山谷，它知道很多动物都死在了那里，在那个山谷里有一种可怕的毒气。但是如果不经过那个山谷，就没有能通行的道路，卡普此时别无选择。

于是，卡普来到了死亡之谷的入口处，这时天空中一只秃鹰俯冲下来，看样子是这只秃鹰发现了山谷里的尸体，它想把这些尸体当作自己的食物。但是秃鹰刚到了这些尸体的上面，还没等张开嘴就慢慢地倒下了，就像忽然睡着了一般。

卡普白色的长胡须在风中飘荡，此时它抽动着自己那只大大的鼻子，因为卡普在之前也是通过自己的鼻子闻到这种气味的，那时它感到的是讨厌和烦躁，但是现在不知道为什么，它被这种味道吸引着。

卡普走了进去，感到空气里有一种奇怪的热辣辣的味道，就像是有什么东西叮咬着自己，但是这让卡普身上的疼痛消失了，应该说它是麻木了。就是这种味道使得卡普

一走进这个山谷就感到头脑发昏，眼睛模糊，它想躺下来好好睡上一觉。

卡普强打精神，它从站立的地方向后看去，在那里有一片辽阔的土地，绵延到很远的地方，那里既有森林，又有山川河流，那里原来是属于自己的领地，但是现在自己主动抛弃了那片土地，离开了那里。此时，卡普转身望着眼前的这个山谷，这里没有任何生气，让人窒息，但不论怎样它都没有了再次返回自己领地的勇气，它只想找一个安静的地方好好休息一下，它身心疲惫，而且这种感觉越来越强烈。

卡普顺利地走出了那个死亡之谷，翻过了肖恩山，离开了自己的领地。在山的那面，的确是那个和平的动物园，可要想到那个地方还需要再走一段路程。但是经过这次漫长的旅行，不知道卡普还能不能走到那个动物园。

卡普在心里问自己："我为什么要到那个地方呢？那个地方就是真正的好地方吗？不行就在这座山上好好休息一下吧，好好睡上一觉！"这种声音越来越大。

其实卡普站在死亡之谷路口的时候，那里的毒气已经侵入了它的身体内，此时死亡之谷里那些死亡的动物好像变成了天使一样，正在跟卡普打着招呼，向它招手。

就在这时，一种力量像海浪一样袭击着卡普，卡普昔日的那种勇气再次恢复了，于是，它挺直了身体，不是向动物园走去，而是一口气再次跑回那个山谷。

此时那种令人难以忍受的气体直接钻进卡普的体内，这种气体首先到达了它的胸部，然后就侵蚀着它的每一处皮肤。卡普感觉体内所有的力气都被抽空了，而且头晕目眩，它好像看到这个寸草不生、只有荒凉岩石的山谷此时正在塌陷，慢慢地要把自己掩埋在底下。

卡普不再想别的了，它反而把这里当作自己温暖的窝，就像小时候躺在妈妈温暖的身体底下，被妈妈温柔地搂抱着。现在不一样的是，它躺在大自然的怀抱中，安静地睡着了，而且永远睡着了。

灵犀一点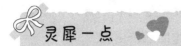

　　岁月催人老，人和动物最终都会有离开这个世界的一天。所以我们要珍惜每一天的宝贵时光。